KB072854

상남자 스타일

상남자스타일 2
임영기 장편소설

초판 1쇄 찍은 날 § 2018년 1월 26일
초판 1쇄 펴낸 날 § 2018년 2월 2일

지은이 § 임영기
펴낸이 § 서경석

총괄팀장 § 최하나
편집책임 § 이지연
디자인 § 신현아

펴낸곳 § 도서출판 청어람
등록번호 § 제387-1999-000006호
등록일자 § 1999. 5. 31
어람번호 § 제1-2841호

주소 § 경기도 부천시 부일로 483번길 40 서경B/D 3F (우) 14640
전화 § 032-656-4452 팩스 § 032-656-4453
http://www.chungeoram.com
E—mail § chungeorambook@daum.net

ISBN 979-11-04-91633-5 04810
ISBN 979-11-04-91631-1 (세트)

2

FUSION FANTASTIC STORY

임영기 장편소설

상남자
스타일

도서출판
청어람

Contents

제11장
똥통 보스

선우는 마리와 함께 거리를 걸어가다가 민종태가 보낸 문자를 받았다.

휴대폰을 보니까 의뢰 내용이 자세하게 떴다.

의뢰가 두 개인데 둘 다 어렵지 않고 급하지 않은 일이다.

선우는 걸으면서 문자를 대충 훑어보고는 휴대폰을 주머니에 넣었다.

마리가 지나가는 말처럼 물어보았다.

"심부름센터 일은 잘되나요?"

선우는 빙긋 미소 지었다.

"굶지는 않습니다."

"보통 어떤 일인가요?"

마리는 심부름 센터라는 직업에 대해서 아무것도 모른다.

"그냥 이것저것 잡다한 일거리입니다."

"정말 돈만 주면 무슨 일이라도 다 해주나요?"

며칠 전 옥상 모임에서 201호 여작가 손연수가 심부름 센터를 '돈만 주면 무슨 일이라도 해주는 곳'이라고 정의를 내렸기 때문이다.

"그렇지는 않습니다."

마리는 밝은 표정을 지었다.

"그렇죠?"

마리는 '돈만 주면 무슨 일이라도 해주는 일'이 돈만 주면 나쁜 일, 즉 범법도 서슴지 않고 하는 일이라고 생각하는 모양이다.

두 사람은 파라다이스맨션의 202호 힙합 청년 조태근이 여동생과 장사하는 양꼬치집에 가는 길이다.

"그런데 왜 심부름 센터를 하게 된 건가요?"

"사람들 돕는 일을 좋아합니다."

"앞으로 계속할 계획인가요?"

"2년만 더 할 생각입니다."

"2년이라니, 왜죠?"

선우는 빙그레 웃었다.

"25살이 되면 가업을 이어야 합니다."

"아……."

마리는 뜻밖이라는 얼굴로 그를 바라보았다.

"무슨 가업인가요? 혹시 멸치잡이 어선의 선장이 되는 건가요? 아니면 멸치젓갈 가게를 이어받나요?"

선우는 지난번 부산 기장의 어머니가 멸치젓갈을 택배로 보내왔을 때, 마리가 시골집이 무얼 하느냐고 물어서 멸치잡이 어선을 한 척 갖고 있으며, 어머니가 기장 대변항에서 멸치젓갈 가게를 하고 있다고 대답한 적이 있었다.

그러니까 선우가 멸치잡이 어선의 선장이 되는 것이 가업일 것이라는 마리의 생각이 지나친 것은 아니다.

선우는 낮게 웃었다.

"하하하! 그건 아닙니다."

"그래요? 하지만 어머니께서 어선에 가게까지 하고 계시니까 선우 씨 집안은 꽤 풍족한 편이로군요."

"그게 풍족한 겁니까?"

"그럼요. 그 정도면 은수저쯤 안 되겠어요?"

"내가 은수저라… 그런 얘기 처음 들어봅니다."

사실 따지고 보면 선우는 금수저 위 다이아몬드수저쯤 될 것이다.

하지만 세상은 그의 신분을 철저하게 모르기 때문에 아무도 그를 다이아몬드수저라고 생각하지 않았다.

조태근 남매의 양꼬치 전문점 '양왕'은 한남대로 뒤편의 이면도로에 있는데 파라다이스맨션에서 걸어서 15분 정도 거리였다.

열 평 남짓한 가게는 테이블이 5개에 주방 앞에 바텐이 길게 'ㄱ'자로 있는 구조다.

선우와 마리가 도착한 시간은 저녁 8시쯤이며 손님이 아무도 없었다.

"아……."

가게 안으로 들어서는 선우와 마리를 본 조태근 여동생 조향아는 테이블을 닦고 있다가 깜짝 놀라서 그 자리에 굳어버렸다.

조향아가 반갑게 맞이하는 것 같지 않아서 마리가 물었다.

"영업해요?"

"아… 네."

테이블이 벽을 따라서 5개가 일렬로 길게 이어졌는데 선우와 마리는 중간쯤에 앉았다.

첫 손님으로 선우와 마리가 올 줄은 몰랐던 조향아는 허둥대면서 주문을 받으러 오지도 않았다.

"뭐 먹을까요?"

"마리 씨가 주문하십시오."

"선우 씨가 뭘 좋아하는지 알아야죠."

"마리 씨가 주문하는 건 다 맛있을 겁니다."

"아유… 순 엉터리."

마리는 선우를 살짝 흘기고는 메뉴를 살펴보더니 두 종류를 주문했다.

조향아가 주방 창구 안으로 고개를 디밀고 주방장인 오빠 조태근에게 주문 내용과 선우와 마리가 왔다는 사실을 알려 주었다.

"뭐어?"

조태근이 달려 나오면서 젖은 손을 앞치마에 닦으며 기쁜 것인지 놀라는 것인지 묘한 표정을 지었다.

"야아……! 선우야! 마리 씨!"

두 사람 테이블 앞에 다가온 조태근은 친근하게 선우의 어깨를 두드리면서도 시선은 마리에게 고정됐다.

조태근은 붙임성이 좋은 건지 옥상 모임에서 자기보다 3살 어린 선우에게 말을 놓더니 마치 오랜 형처럼 굴었다.

"선우야! 너, 이 자식! 마리 씨하고 사귀냐?"

조태근의 노골적인 질문에 선우는 빙그레 미소 지었다.

"사귀기는요. 우연히 마리 씨를 만나서 술 한잔하러 온 겁니다."

"그래?"

조태근은 연신 마리의 얼굴을 살폈다.

그렇지만 마리는 그를 쳐다보지도 않고 벽에 붙은 메뉴만 보고 있었다.

조태근이 주방으로 돌아간 후에 선우가 엷게 미소 지으며 말했다.

"열심히 사는군요."

마리는 쌀쌀맞게 말했다.

"저런 사람 싫어요."

선우는 빙그레 미소 지었다.

"나는 어떻습니까?"

마리는 조금 놀라는 표정을 지었다.

"선우 씨는……."

"나도 싫습니까?"

마리는 조금 당황했다.

"내가 선우 씨를 싫어할 이유가 뭐가 있겠어요?"

"그럼 마리 씨가 저 사람을 싫어하는 이유는 뭡니까?"

"그건……."

마리는 대답을 하지 못했다.

"조태근 씨가 마리 씨에게 뭔가 큰 잘못이나 실수를 했습니까?"

"그건 아니에요."

이런 경우는 그냥 막연하게 상대가 싫은 것이다.

그건 상대에게 잘못이 있어서가 아니라 상대의 첫인상이 마음에 들지 않거나, 요즘 자신의 일이 잘 풀리지 않아서 기분이 꿀꿀하거나, 그게 아니면 성격 탓에 마음이 굳게 닫혀 있기 때문이다.

"나하고 마리 씨는 조금 친해졌죠?"

"그렇죠."

"우리에게 친해질 계기가 없었다면 마리 씨는 나를 조태근 씨하고 똑같이 취급했을 겁니다."

"……."

"내가 보기에 조태근 씨는 나쁜 사람이 아닙니다. 그러니까 그를 맹목적으로 싫어하는 건 잘못된 겁니다."

"그렇군요."

선우가 알아듣게 조곤조곤 설명하니까 마리는 자신의 잘못을 즉시 알아차렸다.

만약 선우가 마리에게 거두절미 '그러면 안 됩니다'라고만 말했다면 마리는 자신이 무엇을 잘못했는지 이해하지 못했을 것이며 선우가 괜히 그런다고 외려 기분이 나빠질 수도 있었다.

선우는 손가락을 하나 세워 보였다.

"방법이 있습니다."

마리는 말없이 바라보기만 했다.

"조태근 씨에게 기회를 주는 것입니다."

"무슨 기회를……."

"마리 씨는 나한테도 기회를 줬잖습니까?"

"네."

선우의 말을 쏙쏙 알아듣는 걸 보면 마리는 머리 나쁜 여자가 아니다.

"마리 씨는 사랑을 찾는 게 아니잖습니까? 우린 친구입니다. 그러니까 최소한 파라다이스맨션에 사는 사람들에게는 친해질 수 있는 공평한 기회를 줘야 한다고 생각합니다."

"알았어요."

선우는 이쯤에서 그만두었다. 아무리 좋은 말이라고 해도 길어지면 불쾌한 법이다.

마리는 선우를 말끄러미 보면서 말했다.

"선우 씨는 요즘 젊은 사람 같지 않고 마치 교수님 같아요."

요리가 나오기 전에 손님들이 들어왔다.

3명인데 선우가 보기에 한눈에도 건달들이다.

그들이 들어서자마자 조향아는 잔뜩 겁먹은 표정으로 어쩔 줄 모르며 주방의 조태근을 불렀다.

어떤 거리에 가도 어디에나 있을 것 같은 건달 3명은 한껏 껄렁거리면서 들어와 입구를 등지고 앉아 있는 마리의 얼굴을 확인하고는 노골적으로 휙휙 휘파람을 불면서 쓸데없는 말들을 지껄였다.

마리는 그들을 힐끗 보고는 눈을 내리깔았다.

건달들은 안하무인격으로 가게 바닥에 침을 찍찍 뱉으면서 안쪽에 자리를 잡았다.

탁!

"야! 여기 주문 안 받아?"

조향아가 바텐 안쪽에서 우물쭈물하고 있으니까 건달 중에 한 명이 발로 의자를 슬쩍 차면서 소리쳤다.

건달들이 왔다는 사실을 알고 주방에서 조태근이 나와 그들에게 다가갔다.

"오… 셨습니까?"

"야! 이 새꺄, 형님들이 왔으면 총알처럼 튀어나와야 할 거 아냐?"

"죄송합니다. 몰랐습니다."

조태근은 고양이 앞의 쥐처럼 굽실거렸다.

건달 하나가 조태근의 뺨을 툭툭 두드렸다.

"오늘 수금 날이라는 거 알지?"

"아… 네."

겁먹은 조태근은 선우와 마리의 눈치를 볼 겨를도 없이 전전긍긍하면서 앞치마 주머니에서 봉투를 꺼내 두 손으로 공손하게 내밀었다.

"여기……"

건달 하나가 봉투에서 돈을 절반쯤 뽑아서 세기 시작하더니 곧 돈 봉투로 조태근의 뺨을 마구 때렸다.

탁탁탁……

"이 씨X 새끼가 누굴 거지로 아는 거야?"

"아아… 죄송합니다… 요즘 벌이가 좋지 않아서……"

선우는 굳은 얼굴로 그리고 마리는 놀란 얼굴로 그 광경을 지켜보았다.

선우는 미간을 좁힌 채 쏘아보았지만 자리에서 일어나지는 않았다.

성질 같아서는 건달 세 놈 모가지를 비틀어 버리고 싶지만 이런 경우에는 그런다고 일이 해결되는 게 아니다.

저놈들은 분명히 크든 작든 무슨 파에 속해 있을 것이고, 저놈들을 족치면 다음에는 더 많은 놈이 몰려와서 보복이라는 걸 하게 될 것이다.

선우가 열일 제쳐두고 조태근네 가게에 상주하면서 건달들을 막아주거나 아니면 돈을 뜯어가는 조폭 집단을 뿌리째 뽑지 않는 한 괜히 참견했다가 긁어서 부스럼을 만들어 조태근을 더 힘들게 만들 거라는 얘기다.

조태근은 건달의 구둣발에 정강이를 한 대 더 걷어 채이고는 주방으로 가면서 선우와 마리를 힐끔거렸는데 수치심으로 얼굴이 빨개졌다.

건달들은 모자라는 수금액 대신 먹고 마시겠다면서 요리와 술을 푸짐하게 주문하고는 저희들끼리 낄낄거리면서 저속한 농담을 주고받았다.

더 같잖은 것은 들으면 들을수록 역겹기만 한 노골적인 성적인 농담을 자랑하듯이 떠벌리고 있다는 것이다.

조향아가 요리를 갖고 선우네 테이블로 왔다.

"야! 그거 이리 갖고 와라."

그런데 건달이 조향아에게 손짓을 했다. 선우네 요리를 자기들이 먹겠다는 뜻이다.

조향아는 요리를 선우네 테이블에 내려놓지도 못하고 건달들에게 가져가지도 못한 채 안절부절못했다.

마리가 조향아에게 조용히 말했다.

"어서 갖다 주세요. 우린 천천히 먹어도 돼요."

마리는 자신들에게 불똥이 튀는 게 싫었다.

조향아가 주춤거리면서 건달들에게 가는 걸 보고 마리가 표정이 좋지 않은 선우에게 속삭였다.

"우리 나갈까요?"

선우는 마리 얼굴을 보고 그녀가 겁을 내면서도 참고 있다는 걸 알았다.

그런데 그때 건달 하나가 요리를 갖고 간 조향아의 손을 잡고 억지로 자기들 자리에 앉히려고 했다.

"앉아서 오빠들하고 마시자, 응?"

"아… 왜 이러세요……."

조향아는 앉지 않으려 했고 건달은 이제 그녀의 허리까지 안고는 자신의 무릎에 앉히려고 했다.

조태근은 주방에서 나와 그 광경을 보면서 제법 강경하게 말했다.

"여동생한테 그러지 마세요."

"너 죽을래?"

건달은 조향아를 자신의 무릎에 앉혔고 다른 건달이 손에 잡히는 대로 소주병을 집어 들었다.

"저 새끼가 어디서!"

획!

건달이 조태근에게 힘껏 소주병을 던졌다.

조태근은 자신의 얼굴을 향해 곧장 쏘아오는 소주병을 보고는 그 자리에 얼어붙었다.

그대로 서 있다가는 소주병에 얼굴을 맞아서 크게 다칠 상황인데 그는 피하지 못했다.

선우는 재빨리 공신기를 일으켜서 손가락을 살짝 튕겼다.

팍…….

그의 손가락에서 발사된 보이지 않는 무형의 기운이 빛처럼 빠르게 뿜어지며 소주병을 살짝 건드렸다.

휙!

방향이 바뀐 소주병은 조태근의 얼굴 옆으로 살짝 스쳐 지나갔다.

와장창!

소주병은 벽에 진열해 놓은 양주 빈병들에 부딪쳐서 박살 나며 파편이 어지럽게 튀었다.

선우는 더 이상 보고 있지 못하고 벌떡 일어나 건달들에게 걸어갔다.

"선우 씨……."

마리는 깜짝 놀라서 따라 일어섰다.

선우는 건달들에게 다가가서 어느 건달 무릎에 앉혀져 있는 조향아의 팔을 잡고 일으켰다.

"저쪽으로 물러나세요."

"아아……."

건달들은 가소롭다는 표정을 지으며 킬킬거렸고 그중에 한 명이 천천히 일어섰다.

"이 새끼가 죽으려고 환장했구나."

선우는 지금부터 쇼를 해야만 한다. 자신의 능력을 있는 그 대로 발휘하면 마리와 조태근 남매가 기절초풍할 것이기 때문에 최대한 평범하게 싸워야 하는 것이다.

삼류 건달들의 폭력이라는 것은 정말로 하찮다. 대부분 복싱이나 태권도 같은 것을 배운 적도 없는 마구잡이 조무래기들의 주먹 다툼일 뿐이다.

이 건달들도 예외는 아니어서 첫 번째 건달은 일어나며 무조건 선우의 얼굴에 주먹을 날렸다.

그러나 그보다 빨리 선우는 상체를 숙여서 건달1의 주먹을 피하는 동작을 크게 해보이며 역시 큰 동작으로 그의 복부에 주먹을 꽂았다.

최대한 살살.

퍽!

"끅!"

건달1은 새우처럼 몸을 굽힌 자세로 뒤쪽으로 붕 날아가 벽에 부딪치며 바닥에 쓰러졌다.

쿵!

"끄으으……."

최대한 살살 때린다고 했는데도 건달1은 얼굴색이 새하얗게 질려서 엎어진 채 부들부들 떨었고 벌어진 입에서는 침이 흘러나왔다.

선우가 건달1을 한 방에 때려눕히자 건달들은 물론이고 마리와 조태근 남매 모두들 크게 놀랐다.

"이 새끼!"

건달 2명이 동시에 벌떡 일어났고 그중 한 명은 소주병을 거꾸로 집어 들었다.

하지만 이미 때릴 자세를 취하고 있는 선우의 주먹이 먼저 뻗어 나갔다.

복싱 선수가 상체를 조금 굽히고 위빙을 하는 것처럼 좌우로 왼 주먹과 오른 주먹을 연이어 스트레이트를 짧게 끊어서 쳤다.

픽! 픽!

"와!"

"억!"

똑같이 가슴을 맞은 두 건달은 뒤로 날아가듯이 밀려나 벽에 등을 세게 부딪쳤다가 무너졌다.

불과 2초 만에 건달 3명을 거꾸러뜨린 선우는 마리나 조태근 남매가 의심하지 않을까 그들을 슬쩍 쳐다보았다.

그렇지만 선우가 아무리 평범하게 보이려고 행동을 했어도 그가 2초 만에 건달 3명을 쓰러뜨렸다는 자체가 이미 평범한 행동이 아니다.

선우는 마리와 조태근 남매가 마치 귀신을 본 것처럼 놀라고 있는 모습을 보고는 쓸쓸해졌다.

"선우 씨, 괜찮아요?"

마리는 급히 다가와서 선우를 살폈다.

조태근은 놀라는 중에도 걱정이 앞섰다.

"선우야, 너 어쩌려고……."

건달들의 복수가 두렵기 때문이다.

선우는 건달들이 돈만 뜯어가고 조태근이나 조향아에게 손을 대지 않았으면 나서지 않았을 것이다.

이렇게 된 이상 끝을 봐야 했다. 그러지 않으면 괜히 그가 나섰기 때문에 조태근 남매에게 해를 입히는 꼴이 되고 말 것이다.

"어구구… 으으……."

"끄으… 갈비뼈가 부러졌어……."

건달들은 일어서지도 못하고 처박힌 자세로 끙끙 앓는 소리를 냈다.

"일어서라."

선우는 건달들이 서서 걸어갈 수 있을 만큼만 살살 때렸다. 기절하거나 쓰러져 있으면 놈들의 소굴이 어딘지 알아낼 수가 없기 때문이다.

건달들이 눈치를 살피면서 일어서지 않자 선우가 차갑게 말했다.

"한 대씩 더 맞을래?"

건달들은 선우에게 한 대 더 맞으면 죽을지도 모른다고 생각했다. 그들은 마지못해서 벽을 짚고 끙끙거리며 힘겹게 일어섰다.

그런데 바로 그때 오른쪽에서 일어서던 건달 하나가 품속에서 칼을 꺼내더니 온몸을 날리며 선우의 상체를 향해 찔러갔다.

순식간에 일어난 일이라서 마리와 조태근 남매는 너무 놀라 눈을 커다랗게 뜨며 비명을 질렀다.

"악!"

선우는 상체를 뒤로 젖혀서 피하며 왼손을 뻗어 칼을 쥔 손목을 움켜잡고 동시에 발끝으로 올려 찼다.

쉬잇!

그러나 그는 건달의 턱 아래에서 발을 멈췄다.

그냥 차버리면 건달의 머리통이 목에서 떨어져 나갔을 것이다. 놈이 칼로 급습을 가했기 때문에 그만큼 화가 치밀었다.

대신 칼을 잡은 오른손 손목을 꺾어서 부러뜨렸다.

우드득!

"끄아악!"

애절한 비명 소리가 양꼬치집 안에서 흘러나왔다.

선우는 건달 3명을 앞세워서 놈들의 소굴로 쳐들어갔다.

그가 건달들과 같이 나가면서 잠시 다녀오겠다고 말하자 마리와 조태근 남매는 어디를 가려는지 짐작도 못 하고 사색이 되었다.

건달들은 제대로 걷지 못하고 금방이라도 주저앉을 것처럼 비틀거렸다.

그중에서도 손목이 부러진 놈은 부러진 손목을 부여잡고 눈물을 뚝뚝 흘렸다.

선우는 걸어가는 도중에 몇 마디 묻고 나서 건달들이 한남동 일대에서 날뛰고 있는 삼도파 조무래기들이라는 걸 알게 되었다.

아니, 이태원과 용산 일대를 장악하고 있는 조폭이 삼도파이고, 이놈들은 삼도파의 여러 하부 조직 중에 하나인 장걸이네 식구라고 했다.

이거 조금 골치 아프게 됐다.

선우가 여기에서 물러나면 삼도파 하부 조직인 장걸파가 조태근 남매에게 복수를 할 것이고, 장걸파를 작살내면 삼도파가 가만히 있지 않을 것이다.

결국 삼도파를 상대할 수밖에 없어서 민종태에게 지금 상황을 대충 문자로 보냈다.

민종태에게서 금세 답장이 왔다.

[삼도파 보스가 염삼도야.]

'염삼도?'

선우는 걸음을 멈추고 어이없는 표정으로 다시 민종태에게
문자를 보냈다.

[똥통 염삼도?]
[그래, 똥통 염삼도.]

"허어……."
똥통 염삼도라면 선우하고 조금 인연이 있다.
선우는 건달 3명을 자기들 갈 데로 가라고 보냈다.
건달들은 눈치를 살피면서 비틀거리며 멀어졌다.
선우는 민종태에게 염삼도의 전화번호를 알아내서 전화를
걸었다.
"염삼도 씨입니까?"
─누구야?
저쪽에서 착 가라앉은 목소리로 다짜고짜 반말을 하며 거
칠게 나왔다.
안하무인격인 말투다.
휴대폰에 생판 모르는 전화번호가 떠서 경계할 만도 한데
거침이 없다.
"골드핑거입니다."
─어…….

선우가 신분을 밝히니까 저쪽의 염삼도가 놀랐다.

─저, 정말입니까?

뿐만 아니라 금세 말투가 공손하게 변했다.

"그렇습니다."

─아아… 골드핑거 형님! 어디 계십니까? 만나고 싶습니다! 제가 지금 당장 그리로 가겠습니다!

더구나 선우더러 형님이란다.

선우는 전화로 삼도파 보스 염삼도에게 조태근네 양꼬치집 양왕을 건드리지 말라고 얘기하려 했는데 저쪽에서 이렇게 나오니까 전화로는 곤란해졌다.

염삼도는 무척 반가워하면서 무조건 만나자고 거의 애원하다시피 졸라댔다.

차를 보내겠다는 것을 선우가 마다하고 약속 장소로 가겠다고 하고는 택시를 탔다.

택시 안에서 마리에게 전화를 해서 조금 늦을 테니까 걱정하지 말라고 했다.

마리는 거의 울 것 같은 목소리로 조심하라고 당부했다.

선우는 누군가 자신을 진심으로 걱정한다는 사실에 가슴이 조금 따뜻해졌다.

염삼도는 골드핑거라는 말을 듣자마자 자지러지듯이 '형님'이라고 외쳤다.

선우는 인정하지 않지만 염삼도는 막무가내로 선우를 형님이라고 부른다.

그럴만한 일, 아니, 사건이 있었기 때문이다.

선우가 만능술사 일을 개업한 지 한 달쯤 됐을 때 조폭에게 납치된 사람을 구해달라는 의뢰를 받았었다.

강남의 신흥 조폭에게 납치되어 끌려갔다는데 시간이 늦으면 죽는다는 것이었다.

민종태와 선우가 수집한 자료와 정보, 교통 CCTV 화면 등을 분석한 결과, 어렵지 않게 납치된 장소를 알아냈다.

선우가 외떨어진 데다 폐허가 된 인천 서구의 어느 공장에 찾아갔을 때 납치됐다는 사람은 조폭들에게 린치를 당하고 있는 중이었다.

피투성이가 된 사람이 쇠사슬에 두 팔이 묶여서 공중에 매달려 있고, 그 앞쪽에 의자에 앉은 중년 남자와 30여 명의 조폭이 모여 있었다.

선우는 공장의 철문을 열고 들어가자마자 쇠사슬에 묶여서 공중에 대롱대롱 매달려 있는 피투성이 인물이 납치된 염삼도라는 것을 직감했다.

선우는 피투성이 인물에게 염삼도냐고 물었고 그는 다 죽어가는 목소리로 그렇다고 대답했다.

"염삼도 씨를 내려주십시오."

선우는 의자에 앉아 있는 사내에게 조용한 목소리로 그렇게 말했다.

그러나 신흥 조폭 보스의 대답은 '저 새끼 죽여!'였다.

선우가 우르르 몰려드는 조폭들을 닥치는 대로 때려눕히는 것을 보고 보스는 움찔 놀라서 염삼도를 묶은 쇠사슬을 하강시키는 윈치를 작동했다.

염삼도 아래에는 덮개가 없는 커다란 정화조가 있었는데 그 안에는 오랜 세월 동안 썩은 똥물이 절반쯤 차 있었다.

신흥 조폭 보스는 눈엣가시 같은 염삼도를 설득해서도 자신의 밑으로 들어오지 않겠다고 버티면 똥통에 익사시켜서 죽일 생각이었다.

사실 말이 나왔으니 말이지만 조폭이 사람을 죽이는 일은 다반사고 시체를 처리하는 일도 깔끔하다.

지금도 바닷속이나 강물 속, 땅속에 조폭들이 죽인 시신들이 수두룩할 것이다.

선우가 보스와 조폭 30여 명을 모두 때려눕히고 달려갔을 때 염삼도는 가슴까지 정화조, 즉 똥통에 빠지면서 비명을 지르고 있었다.

선우는 즉시 윈치를 작동시켰는데 잘못해서 염삼도를 더 빨리 똥통으로 빠지게 만들었다.

당황한 선우는 다급하게 윈치를 재작동해서 염삼도를 끌어

올렸으나 그때는 이미 머리까지 정화조 똥통 속으로 잠겨 버린 후였다.

선우는 수년 간 썩을 대로 썩은 똥물에 잠수한 염삼도를 꺼내서 바닥에 눕히고 급히 물을 찾아서 끼얹었다.

그때는 똥이 더러운 줄도 모르고 염삼도를 살리느라 씻기고 가슴 압박을 해주어서 겨우 살렸다. 입을 맞춰서 인공호흡을 하지 않은 것이 다행이다.

그때 눈을 뜬 염삼도가 일어나 앉아서 신흥 조폭 보스와 30여 명의 조폭이 다 뻗어 있는 광경을 보더니 그 자리에서 선우에게 무릎을 꿇고 이마를 바닥에 대며 울부짖었다.

"형님! 죽을 때까지 형님으로 모시겠습니다!"

사실 선우와 민종태는 신흥 조폭에 납치된 사람이 선량한 시민인 줄만 알았지 조폭 보스인 줄은 몰랐다.

그 사실을 알았더라면 의뢰를 수락하지 않았을 것이다.

그날부터 염삼도는 똥통 염삼도가 됐다.

선우가 염삼도를 만나러 갔더니 조폭 보스답게 이태원의 근사한 호텔 레스토랑을 통째로 빌려서 부하들을 2열로 죽 도열해 놓고 선우를 맞이했다.

선우는 곤란한 표정으로 들어갔다.

선우를 발견한 말쑥한 정장 차림의 염삼도가 엎어질 것처럼 달려와서 넙죽 허리를 굽혔다.

"형님!"

그는 부하들이 보고 있는데도 전혀 부끄러워하지 않았다.

염삼도는 다섯 달 전에 선우에게 목숨을 구함받고서 이번이 두 번째 만나는 것이다.

"형님! 그동안 잘 계셨습니까?"

선우를 바라보는 염삼도 눈에 눈물이 고였다. 선우가 생명의 은인이라지만 조폭 보스가 눈물을 보이는 건 흔한 일이 아니었다.

선우는 염삼도가 감정이 풍부한 성격이라는 사실을 처음 봤을 때부터 알아봤다.

선우가 똥통에 빠진 그를 살렸을 때 폭풍 오열을 하면서 수없이 절을 하고 형님을 외쳤었다.

그의 행동이 지나친 것은 아니다. 그는 신흥 조폭 강남 영도파 보스에게 린치를 당하는 과정에서 자신은 거의 100% 죽은 목숨이라고 생각했었다.

그리고 마지막 순간에 선우가 공장 안으로 뛰어들어 영도파 조폭들하고 싸움을 시작했을 때, 자신의 몸이 똥통으로 하강하고 있는 상황에서 이제는 정말로 내가 똥통에 빠져 죽는다고 믿었었다.

선우가 30여 명이나 되는 조폭과 보스를 처리하고 똥통에 빠지고 있는 자신을 구한다는 것은 기적이 일어나지 않는 한 불가능한 일이었기 때문이다.

그런데 그 기적이 일어났고 염삼도는 똥통에서 살아 나왔다.

그러니 그가 선우를 형님이 아니라 하나님으로 모신다고 해도 결코 지나친 일은 아니었다.

선우는 염삼도가 하는 대로 내버려 두었다. 전에도 그가 너무 굽실거리고 자신을 낮추는 것에 대해서 그러지 말라고 지적했지만 소용이 없었다.

염삼도는 가슴을 쭉 펴고 부하들을 둘러보면서 선우를 자랑스럽게 가리켰다.

"큰형님이시다! 인사 올려라!"

그러자 그곳에 있는 50여 명의 조폭이 일제히 허리를 굽히는 이른바 조폭 인사를 하면서 우렁차게 외쳤다.

"큰형님!"

선우는 뻣뻣하게 서 있을 수 없어서 가볍게 고개를 숙이며 화답을 했다.

그는 이런 상황이 극도로 싫지만 기왕지사 여기까지 왔으니까 어쩔 수가 없었다.

제12장
불멸의 연인(Immortal Beloved)

　선우는 양꼬치집 양왕을 나간 지 2시간 만에 돌아왔다.

　마리와 조태근, 조향아는 마리의 테이블에 앉아서 초조한 얼굴로 기다리고 있다가 선우가 들어서자 모두 벌떡 일어나서 다가왔다.

　"선우 씨!"

　"선우야!"

　세 사람은 선우 주위에 몰려들었다.

　마리는 선우의 팔을 잡고 걱정으로 몇 년은 늙어버린 듯한 얼굴로 물었다.

"괜찮아요? 무슨 일 없었어요?"

"아무 일 없었습니다."

선우는 빙그레 미소 지었다.

조태근은 경직된 얼굴로 말했다.

"그놈들 조폭 삼도파야. 너 삼도파라고 들어봤어?"

"들어봤습니다."

"삼도파는 서울 3대 조폭 중에 하나야. 개들한테 걸리면 국물도 없어."

조태근은 선우의 몸을 살펴보았다.

"다친 데 없니? 도대체 개들 3명을 밖에 데리고 나가서 뭐한 거야?"

조태근은 선우가 걱정되기도 하지만 그가 삼도파를 건드린일 때문에 극도로 예민해졌다.

"앞으로 이 집은 건드리지 않겠다는 약속을 받았습니다."

조태근은 어이없는 표정을 지었다.

"누… 구한테?"

선우는 이걸 말해야 하나 말아야 하나 잠시 망설이다가 솔직하게 대답했다.

"삼도파 보스를 만났습니다."

"……."

조태근뿐만 아니라 마리와 조향아까지 어이없는 표정을 지었다. 그들은 선우의 말을 믿지 않는 것 같았다.

"농담할 기분 아니다."

"농담 아닙니다."

"선우, 너 정말……."

조태근은 선우가 농담하는 거라고 생각했다. 선우가 삼도
파 보스를 만나서 앞으로 이 집을 건드리지 말라는 약속을
받아냈다는 말을 누가 믿겠는가.

"난 심각하다. 가게를 접는 것도 생각하고 있어."

"그러지 않아도 됩니다."

"선우, 너 끝까지……."

선우는 원래 마리와 앉았던 테이블에 앉았다.

"어떻게 해야 믿겠습니까?"

"삼도파 보스 입에서 직접 들으면 믿지."

조태근은 선우가 100% 거짓말을 하는 거라고 생각한다.

"나 참……."

선우는 난감했다. 염삼도를 이곳으로 부르자니 다들 놀라
서 자빠질 테고 그러지 않으면 조태근이 가슴 조여서 영업을
하지 못할 것이다.

그래도 조태근이 장사를 접어서는 안 되기 때문에 결국 염
삼도를 부르는 쪽을 선택했다.

선우는 잔머리 쓰는 것보다는 간단명료한 것을 좋아했다.

선우가 염삼도에게 전화를 해서 이곳으로 오라고 하는 걸 보면서도 조태근은 그가 쇼를 한다고 생각했지 믿으려고 들지 않았다.

하지만 선우의 성품에 대해서 조금 알고 있는 마리는 긴가민가하는 표정이다. 그의 말을 믿고 싶지만 상황이 상황인지라 믿기가 어려웠다.

"여기 안주 주세요."

선우의 말에 조태근이 민감하게 반응했다.

"지금 안주가 넘어가?"

조태근은 선우가 쇼를 했기 때문에 염삼도가 오는 일은 절대로 일어나지 않을 거라고 믿었다.

그는 선우를 좋게 봤는데 이제 보니까 빛 좋은 개살구였다고 속으로 생각했다.

그렇지만 아까 선우가 장걸파 건달 3명을 순식간에 쓰러뜨린 솜씨는 대단했다.

그나저나 벌집을 건드려 놨으니 앞으로가 걱정이다.

조태근은 바텐 안쪽에 앉아서 팔짱을 끼고 심각한 표정을 지으며 꼼짝도 하지 않았다.

그러는 사이에 조향아가 아까 마리가 주문했던 요리를 다시 정리해서 갖고 나왔다.

"고마워요."

조향아는 안주 접시를 테이블에 놓으며 선우에게 고개를 숙여 보였다.

선우가 건달 3명을 혼내지 않았으면 조태근 남매가 큰 곤욕을 치렀을 것이다.

그래서 조향아는 거기에 대해서 감사하는 것이다. 오빠보다 마음이 깊은 여동생이다.

선우는 조향아에게 미소를 지었다.

"소주 주십시오."

마리는 자신의 빈 잔에 소주를 부어주는 선우를 보면서 그가 한 말이 맞을 거라고 비로소 생각했다.

'이 사람은 거짓말 같은 거 하지 않아.'

그로부터 15분쯤 지났을 때 양꼬치집 양왕 안으로 누군가 들어섰다.

바텐 안쪽에 있던 조태근은 그를 발견하고 소스라치게 놀라서 벌떡 일어섰다.

"앗!"

방금 안으로 들어선 사내는 정장을 입고 턱에만 짧은 수염을 기른 우락부락한 인상으로 30대 인물이다.

조태근은 그가 삼도파 하부 조직인 장걸이네, 즉 장걸파 보스라는 것을 한눈에 알아보았다. 일전에 부하들하고 양왕에 와서 오지게 시켜 먹고는 돈도 내지 않고 갔던 적이 있었기 때문이다.

조태근은 장걸과 보스 박장걸을 보는 순간 이제 모든 게 끝장이라는 절망이 떠올랐다. 이제 이 일을 어떻게 처리해야 할지 눈앞이 캄캄해졌다.

그런데 박장걸은 안으로 들어올 생각을 하지 않고 문을 활짝 열고는 최대한 공손한 자세로 고개를 숙였다.

그러고는 또 다른 정장 사내 한 명이 안으로 들어섰다.

조태근의 안색이 새하얗게 질렸다.

새로 들어오고 있는 사내가 누군지는 모르지만 박장걸이 저토록 공손한 걸 보면 대충 누군지 짐작이 갔다.

들어선 정장 사내는 즉시 선우를 발견했다. 손님이라곤 선우와 마리뿐이었기 때문이다.

정장 사내는 걸음을 멈추더니 그 자리에서 선우에게 구십도로 허리를 접었다.

"형님!"

염삼도가 왔다.

게임 오버.

*　　　　*　　　　*

선우는 그다지 어렵지 않은 의뢰 2건을 하루에 하나씩 이틀에 해결했다.

의뢰가 또 한 건 있었는데 종태 선에서 캔슬했다.

이유는 간단하다. 종태 말로는 아무래도 관(官)이 개입한 것 같은 느낌이란다. 선우는 관이 개입된 의뢰는 되도록 받지 않겠다는 주의였다.

종태는 냄새 하나는 기가 막히게 잘 맡았다.

사실 그건 국정원이 골드핑거를 유인하려고 의뢰한 함정이었다.

선우는 두 번째 의뢰를 해결하고 나서 늦은 오후에 소희를 만나 거리로 나왔다.

지난번에 장병호 사건 때문에 베이징으로 날아가느라 소희하고의 저녁 약속을 일방적으로 취소한 것을 오늘 벌충하는 것이었다.

"헤헤⋯ 너무 좋아."

모자를 눌러쓴 데다 선글라스에 마스크까지 써서 모습을 최대한 감춘 소희는 선우 팔에 매달려서 까불거렸다.

"오빠하고 이렇게 거리 걷는 거 처음이죠?"

소희는 선우의 왼팔을 자신의 두 팔과 가슴으로 꼭 안고 걸으면서 어린아이처럼 좋아했다.

"그래."

"오빠하고 하는 건 전부 처음이야."

소희는 선우에게 존대를 했다가 말을 놓기도 했다.

청담동 번화가에 나서자 많은 사람이 파도처럼 오가고 있었다.

여자하고 한 번도 데이트를 해본 적이 없는 선우지만 이게 데이트라고 생각하지는 않았다. 소희를 여자라고 생각하지 않았기 때문이다.

그런 의미에서 보면 마리하고의 일도 데이트가 아니었다.

소희는 그냥 친구, 아니면 여동생 같은 느낌이다. 그러니까 그녀와 연인으로 발전하고 싶다는 희망 같은 것도 지금으로선 별로 없다.

길을 걷던 선우는 앞쪽의 몇 사람이 어딘가를 쳐다보고 있는 걸 발견하고 그쪽을 쳐다보았다.

대로 맞은편 건물의 초대형 TV 광고판에 정말 눈이 부시도록 아름다운 여자의 동영상이 나오고 있었다.

여자의 미모에 대해서는 다소 무관심한 선우가 보기에도 광고판의 여자의 아름다움은 인간이 아닌 것 같다는 생각이 들 정도다.

거리의 사람들은 광고판을 보면 어김없이 몇 초 동안 시선을 고정한 채 황홀한 표정을 지었다.

"아아! 천사 같아……."

"역시 안소희가 미모 탑이야……!"

"저기 봐! 저기도 안소희야! 와아… 저 환상적인 몸매 좀 봐라……!"

누군가의 감탄을 듣고서야 선우는 광고판의 여자가 안소희라는 것과 그 옆쪽의 다른 건물 광고판에는 늘씬하고도 탄탄한 몸매의 소희가 또 다른 광고로 나왔다는 사실을 깨달았다.

선우는 뜻밖이라는 듯 소희를 쳐다보았고 소희는 조금 의기양양하면서도 부끄러운 듯 그의 어깨에 뺨을 비볐다.

"뭘 봐요……?"

선우는 소희의 머리를 쓰다듬었다.

"너 예쁘구나?"

소희는 커다랗고 흑백이 또렷한 아름다운 눈으로 곱게 선우를 흘겼다.

"이래뵈도 여배우라고요, 흥!"

선우와 소희는 꽤 오래 거리를 걸었다.

6시가 거의 다 되어갈 무렵 선우는 소희에게 같은 질문을 세 번째로 물어보았다.

"배 안 고프니?"

"고파요."

소희는 역시 똑같은 대답을 했다.

사실 선우는 두 번째 의뢰를 해결하느라 점심을 걸렀기 때문에 몹시 허기가 진 상태다.

"그렇지만 오빠하고 좀 더 이렇게 걷고 싶어요."

소희는 오늘 선우를 세 번째로 만나는 것이다.

처음에 소희는 선우를 생명의 은인이고, 또 자신의 알몸과 모든 것을 본 남자로서 막연하게 의지하고 그립다는 마음이 들었었다.

그리고 두 번째 만났을 때에는 블랙홀로 빨려드는 것처럼 걷잡을 수 없이 선우에게 빠져들었다.

아마 두 번째 만날 때 선우를 처음 남자로 여기기 시작했던 것 같았다.

그렇게 선우와 헤어지고 나서 소희에게 전혀 예상하지 않았던 일이 벌어졌다.

두 번째 선우와 헤어진 직후부터 그가 보고 싶어서 견딜 수가 없어지더니, 하루 종일 무엇을 해도 선우의 모습과 그에 대한 생각이 머리에서 떠나지 않았다.

소희는 자신이 느닷없이 무슨 고칠 수 없는 불치병에 걸린 줄만 알았다.

밤에 침대에 누워도 잠이 오지 않고 눈만 말똥거렸으며 눈앞에 떠오르는 것이라고는 그저 선우의 모습과 그의 목소리, 그와 같이 보냈던 짧았던 시간에 있었던 몇 가지 일들뿐이었다.

하루에 셀 수도 없이 선우에게 전화를 걸었다. 너무 자주, 그리고 많이 전화를 하면 그에게 자신의 마음을 들킬 것만 같아서 극도로 자제한다는 것이 어제만 해도 30번이나 전화를 해버렸다.

그렇지만 선우는 하루에 딱 한 번만 소희의 전화를 받았다.

소희가 전화 좀 자주 받으라고 아무리 사정을 해도 한 번 이상 받은 적이 없었다.

그나마도 하루에 한 번 받는 것은 다행이다. 어떤 날에는 아예 한 번도 받지 않을 때도 있었다.

그럴 때면 소희는 하루 종일 잔뜩 우울해서 괜히 주위 사람들에게 짜증을 내거나 스케줄을 펑크 내기 일쑤였다.

그리고 오늘 드디어 선우를 세 번째 만났다.

소희는 벌써 선우하고 헤어질 것을 걱정하고 있기 때문에 안타까워서 죽을 지경이다.

그렇기 때문에 그에게 꼭 매달려서 떨어지려고 하지 않는 것이다.

선우가 소희에게 소개해 준 경호원 원혜진은 두 사람 2~3m 뒤에서 그림자처럼 따르고 있었다.

"배고프다."

선우가 배고프다고 말하자 그제야 소희는 걸음을 멈추고

그를 빤히 바라보았다.

"그럼 우리 맛있는 거 먹어요."

"뭐 먹을까?"

선우는 가리는 거 없이 다 잘 먹는 편이지만 소희가 좋아하는 것을 먹을 생각이었다.

"음……."

소희는 선우의 왼팔을 가슴에 안고 몸을 이리저리 흔들면서 뭘 먹을지 생각했다.

"우리 양꼬치 먹어요. 오빠, 양꼬치 좋아해요?"

선우는 양꼬치를 즐기는 편은 아니지만 이틀 전 한남동 양꼬치집 양왕에서 정말 맛있게 먹고는 자신이 좋아하는 메뉴에 양꼬치를 추가했다.

"어, 좋아해."

소희는 반색하면서 매달릴 것처럼 굴었다.

"그럼 단골 있어?"

"응……."

선우는 반사적으로 한남동 양왕이 떠올랐지만 소희를 데리고 거길 간다는 건 좀 그렇다.

"너 잘 가는 집은 없니?"

소희는 잠시 생각하더니 고개를 가로저었다.

"있는데 거긴 맛없어."

소희는 선우의 팔에 안긴 채 몸을 흔들며 어리광을 부렸다.

"흐응… 양꼬치 먹고 싶어."

"알았다. 가자."

선우는 양왕에 가기로 결정했다.

그가 의뢰에 관한 일은 빈틈없이 완벽한 편이지만 지금처럼 이런 경우에는 허당기가 있다.

공적으로는 완벽주의지만 사적으로는 완전 허당인 것이다. 소희를 데리고 양왕에 가면 별일이야 있겠느냐고 쉽게 생각했다.

"혜진 씨는 퇴근하세요. 소희는 내가 집까지 데려다 주겠습니다."

선우가 경호원 원혜진에게 말하자 그녀는 꾸벅 고개를 숙이고는 돌아섰다.

그녀는 철저한 원칙주의자이지만 선우의 말은 칼처럼 들으라는 회사 사장의 당부가 있었다.

선우는 택시를 잡으려고 길가로 나갔다.

소희는 선우와 양꼬치를 먹으러 간다는 생각에 한껏 들떠서 콧노래를 부르고 있었다.

그녀의 콧노래는 선우도 가끔 들은 적이 있는 소희의 히트 곡 '불멸의 연인(Immortal Beloved)'이다.

좋아해서 들은 게 아니라 거리에서든 어디서든 자주 이 노래가 들려서 귀에 익었는데 듣다 보니까 괜찮은 노래라서 지금은 꽤 좋아하게 되었다.

마리의 '내가 사는 이유'하고 비교한다면 '불멸의 연인'은 경쾌하고 '내가 사는 이유'는 슬픈 발라드인데 선우는 둘 다 좋아했다.

소희는 '불멸의 연인'을 영어와 불어로도 불러서 미주 지역과 유럽에서 꽤 인기를 끌고 있다.

택시를 잡으려고 기웃거리고 있는데 갑자기 두 사람 앞에 흰색의 스타크래프트밴 한 대가 거의 급정거를 하듯이 멈췄다.

끼익!

선우는 반사적으로 소희를 보호하려고 오른팔로 그녀를 안으면서 스타크래프트밴을 주시했다.

보통 연예인 차로 많이 알려진 스타크래프트밴 뒤쪽 문이 벌컥 열리더니 고급 트레이닝복을 입고 머리를 틀어 올렸으며 키가 크고 앳된 한 여자가 뛰어내리며 소리쳤다.

"선우 오빠!"

그녀를 발견하고 선우는 반가운 표정을 지었다.

"미아야!"

미아는 현재 국내 대세 걸 그룹인 '베누스'의 멤버다.

국내는 물론이고 아시아권에서 거의 모든 음악 차트를 올킬하고 있는 '베누스'에서도 리드 보컬과 안무를 맡고 있는 미아는 단연 독보적인 존재다.

베누스가 벌어들이는 돈의 3배 이상을 미아 혼자서 번다는 얘기는 연예계에서는 더 이상 비밀도 아니다.

미아는 선우가 의뢰를 맡았던 사건 때문에 만났다.

그 의뢰를 한 사람은 미아가 속해 있는 '베누스'의 소속사 대표였으며 이상평 씨에게 소개를 받았다고 했다.

미아는 일본인이며 올해 20살이다. 그녀는 두 달 전에 개인 휴가를 받아서 일본에 가족을 만나러 갔었다.

이때 선우는 처음으로 종태와 함께 일본에 가서 둘이 합동 작전을 펼쳤다.

미아는 5일 휴가를 받아서 일본 고향집이 있는 오사카에 갔는데 3일째 되는 날 친구와 같이 시내로 쇼핑을 나갔다가 친구는 괴한의 흉기에 머리를 맞아서 중상을 입었고 미아는 납치됐었다.

베누스가 일본 오리콘 차트에서 정상을 차지한 채 내려오지 않을 정도로 큰 인기를 누리고 있어서 일본에서도 덕후가 한국을 능가할 정도로 많았다.

특히 일본인이며 베누스에서 비주얼 갑인 미아는 일본에서 단연 최고의 인기를 구가하고 있었다.

어쨌든 선우가 이틀 만에 오사카에서 150km나 떨어진 어느 어촌 창고에서 미아를 찾아냈을 때 그녀는 거의 죽어가고 있는 중이었다.

그녀를 납치한 광팬이 그녀와의 동반 자살을 시도하여 그녀에게 극약을 먹이고 자신도 먹었던 것이다.

광팬 납치범은 죽었지만 미아는 사경을 헤매고 있었다.

그 상황에서 선우는 결단을 내렸다. 자신의 손가락을 칼로 베어 피가 나오게 하여 미아에게 먹인 것이다.

그의 피는 보통 피가 아닌 신족의 피, 즉 신혈(神血)이라서 기적의 효험이 있다.

피를 먹자마자 미아는 정신을 차리고 눈을 뜨더니 그의 검지를 붙잡고 젖먹이가 젖을 빨듯이 피를 빨아 먹었다.

미아는 그 덕분에 살아났으며 그녀도 그 사실을 알고 있었다.

나중에 선우가 그녀를 일본 병원에 데리고 갔을 때 의사들은 위세척을 하는 과정에서 치사량의 극약을 복용한 그녀가 마땅히 죽었어야 했는데 버젓이 살아 있다고 신기해서 어쩔 줄 몰랐었다.

미아가 일본에 갔다가 광팬에게 납치되어 강제로 극약을 먹고 다 죽어가다가 구출됐다는 사실은 한국과 일본은 물론이고 아시아와 전 세계의 베누스, 그리고 미아 팬들을 경악시키기에 부족함이 없었다.

"오빠!"

미아는 비명처럼 외치면서 달려와 선우에게 안겨들었다.

그녀는 스타크래프트밴을 타고 집으로 가던 중에 차가 신호 대기에 걸려서 서 있는 동안 차창 밖을 보다가 길가에 서 있는 선우를 발견했던 것이다.

"오빠… 너무 보고 싶었어요… 우욱……!"

미아는 선우 품에 안겨서 울음을 터뜨렸다.

그런데 사람들이 모여들었다. 미아가 스타크래프트밴에서 내리는 모습을 몇 사람이 보았고 그들의 입을 통해서 미아가 나타났다는 말이 삽시간에 주위로 퍼진 것이다.

"미아다!"

"꺄아악! 미아야!"

행인 수십 명이 파도처럼 밀려들었다.

미아는 베누스의 멤버로서가 아니라 그냥 미아 단독으로 더 유명하다.

사람들은 미아를 일인 중소기업이라고 할 정도로 CF와 영화, 드라마, 단독 콘서트 등 그녀 혼자서 열일을 하고 있다.

선우는 몰려드는 사람들을 보고 양팔에 미아와 소희를 안고 스타크래프트밴으로 향했다.

"미아야, 니네 차 좀 타자."

"그래요, 오빠."

미아 매니저가 열려 있는 문 옆에 서 있다가 선우 등이 타자마자 자기도 얼른 올라타고 문을 닫았다.

"출발해요!"

스타크래프트밴은 미아 개인을 위해서 소속사가 사준 것이다. 소속사는 미아 개인 빌라까지 청담동에 얻어주었다.

운전사 겸 경호원, 그리고 여자 매니저가 미아와 동행하고 있었다.

미아는 두 달 전 일본 오사카에서 납치를 당했던 일 때문에 남자 기피증이 생겨서 매니저도 여자로 바꿨다.

촬영은 어쩔 수 없이 강행하고 있지만 매니저는 여자를 써야 한다고 고집을 부릴 정도였다. 물론 매니저는 선우를 모른다.

"어떻게 지냈어요?"

미아는 선우 옆에 꼭 붙어서 그의 커다란 손을 쓰다듬으면서 물었다.

"잘 지냈지. 미아, 넌 아픈 데 없니?"

미아는 선우를 우연히 만난 것이 너무 기뻐서 소희의 존재는 까맣게 잊고 있었다.

"있잖아요. 저 너무 건강해졌어요."

미아는 상체를 선우에게 기대면서 그의 귀에 입술을 대고 속삭였다.

"오빠 피 먹고 나서부터는 신기한 일이 많이 생겼어요. 아무리 촬영을 오래 해도 피곤하지도 않고 감기도 걸리지 않았어요. 그리고 키도 3㎝나 더 커졌어요."

미아는 선우의 귀에 입술을 더 바싹 붙이며 더욱 작게 속삭였다.

"게다가 지긋지긋하던 생리통이 싹 사라졌고 가슴까지 커졌다니까요? 봐요."

그러면서 미아는 가슴을 내밀어 보였다. 원래 글래머인 그녀의 가슴이 오늘따라 더 풍만해 보였다.

그녀는 선우에게만큼은 부끄러움도 없는 모양이다.

선우는 자신을 빤히 바라보는 미아의 머리를 쓰다듬었다.

"건강한 모습을 보니까 좋다."

미아의 눈에 눈물이 가득 고이더니 와락 달려들어 두 팔로 그의 목을 안으며 안겼다.

"오빠! 보고 싶었어요……!"

그녀는 마구 몸부림쳤다. 그 몸부림에서 그녀가 얼마나 선우를 그리워했는지 여실히 전해졌다.

"전화번호도 가르쳐 주지 않고… 오빠를 만날 수도 없어서 정말 미치는 줄 알았어요……!"

선우는 결사적으로 헤어지지 않으려는 미아를 억지로 떼어내고 스타크래프트밴에서 내렸다.

물론 선우는 미아에게 전화번호를 가르쳐 줄 수밖에 없었다. 가르쳐 주지 않았다면 미아는 죽으면 죽었지 절대로 그를 놔주지 않았을 것이다.

소희는 선우가 갑자기 미아를 만난 이후 아무 말도 하지 않고 침묵만 지키고 있다가 선우와 단둘이 되자 비로소 말문을 열었다.

"오빠였어요?"

"응?"

선우는 빈 택시를 잡느라 시선을 다른 곳에 두고 있었다.

"베누스의 미아를 구해준 사람이 오빠였냐고요."

"어… 그래."

미아 사건은 워낙 유명해서 국내외를 떠들썩하게 만들었기 때문에 모르는 사람이 없을 정도였다.

그렇지만 누가 미아를 구해주었는지에 대해서는 알려진 바가 전혀 없었다.

선우가 그것에 대해서는 비밀로 해달라고 부탁을 했기 때문이고, 그의 의뢰에 비밀 준수는 필수 조항으로 들어가 있다.

"오빤 도대체……."

소희는 선우 앞에 서서 똑바로 그를 바라보았다.

소희는 168㎝로 꽤 큰 신장이지만 선우에 비하면 작은 편이고, 또 우람한 체구인 그의 앞에서는 어린 소녀처럼 여리고 아담했다.

"얼마나 많은 여자 연예인을 알고 있는 건가요?"

소희는 난데없는 미아의 출현으로 몹시 놀랐고 또 강한 질투심을 느껴서 기분이 가라앉았다.

선우는 빙그레 미소 지었다.

"몇 명 안 돼."

"누구누구 알고 있어요?"

"업무상 비밀이야."

선우는 업무에 대해서는 다른 사람에게 절대 발설하지 않는 룰을 지키고 있다.

그때 빈 택시가 두 사람 앞에 멈췄다.

"소희야, 타자."

"흥!"

소희는 팔짱을 끼고 가슴을 내민 채 코웃음만 쳤다.

선우가 말없이 택시 뒷문을 열자 소희는 그가 혼자 타고 가버릴까 봐 겁이 나서 가슴이 철렁 내려앉았다.

선우는 소희에게 다가와서 그녀를 번쩍 안았다.

"아!"

그러고는 택시 뒷자리에 태웠다.

"양꼬치 먹으러 가야지."

소희는 선우가 혼자 가버리지 않고 자기를 안아서 태우기까지 하자 속으로는 몹시 좋으면서도 삐친 척했다.

"흥! 누가 양꼬치 같은 거 먹는대?"

그랬던 소희지만 양꼬치집 양왕 앞에 도착했을 때에는 언제 그랬느냐는 듯 다 풀어졌다.

"이 집이야?"

대신 어리광이 조금 더 늘었다.

"그래, 들어가자."

선우는 택시를 타고 오며 양왕에 전화를 해서 자리 예약과 안주를 주문해 두었다.

선우는 소희와 함께 양왕으로 들어갔다.

"어서 오세요!"

선우를 본 조향아가 밝은 목소리로 소리쳤다.

그녀는 이틀 전에 선우가 장걸파 일을 해결해 준 이후부터 몹시 밝아졌다.

가게 안 5개의 테이블 중 입구 쪽 3개 테이블에 손님들이 앉아서 대화를 하며 술과 양꼬치 요리를 먹고 있었다.

조향아는 선우의 팔을 잡고 졸졸 따라 들어오는 소희를 보고는 조금 표정이 변하더니 곧 환하게 미소 지으며 두 사람을 상차림이 돼 있는 안쪽 테이블로 안내했다.

안쪽은 후미져서 사람들에게 잘 보이지 않으니까 소희를 뒷모습이 보이게 앉히면 별일 없이 무사히 먹고 나갈 수 있을 것 같았다.

"잠시만 기다려요."

조향아는 수줍게 살짝 미소를 짓고는 바텐으로 달려갔다.

소희는 두리번거리면서 사람들이 먹는 걸 보고는 선우에게 속삭였다.

"오빠, 맛있을 것 같아."

소희는 희고 가느다란 손가락 하나를 세웠다.

"오빠, 우리 소주 마실까?"

"그래."

"나 소맥 먹고 싶어."

선우는 소주와 맥주를 한 병씩 주문했다.

잠시 후에 조향아가 양꼬치 요리와 술을 가지고 왔을 때 선우의 휴대폰이 진동했다.

확인해 보니까 종태가 보낸 의뢰에 관한 내용이었다.

의뢰인은 스웨덴에서 온 여자인데 24년 전에 한국에서 스웨덴으로 입양된 입양아라고 했다.

그녀는 자신을 낳아준 친부모를 찾으려고 한국에 왔는데

그녀를 도와 친부모를 찾는 것이 이번 의뢰였다.

선우가 의뢰를 수락하라고 문자를 보내고는 휴대폰을 집어넣는데 소희는 여전히 선글라스와 마스크를 쓴 채 그를 말끄러미 바라보고 있다.

"먹자."

선우의 말에 소희는 얼른 마스크와 선글라스를 벗어서 옆에 두고 양꼬치를 먹기 시작했다.

"정말 맛있어. 최고야."

소희는 연신 엄지손가락을 치켜세우면서 양 볼이 미어지도록 열심히 먹었다.

선우는 소희 글라스에 소맥을 부어주고 자신의 것도 한 컵 만들어서 마시려고 들었다.

"이리 줘봐."

소희가 선우 손에서 맥주 컵을 냉큼 뺏어서 테이블에 놓더니 선우의 깨끗한 젓가락을 집어 한 짝은 맥주 컵 안에 세로로 세워서 꽂고 다른 한 짝으로 젓가락을 세게 두드렸다.

탁!

그러자 맥주 컵 안의 젓가락이 세차게 진동을 하면서 작은 알갱이 거품이 무수하게 일어났다.

"이래야 맛있어."

"너 술꾼이구나?"

"헤에……."

짱…….

두 사람은 맥주 컵을 부딪치고는 시원하게 원샷을 했다.

선우가 양꼬치를 한 점 집어 입에 넣고 씹으려는데 다시 휴대폰이 울렸다.

그런데 이번에는 뜻밖에도 혜주가 전화를 했다.

선우는 휴대폰을 들고 일어서며 소희에게 말했다.

"먹고 있어."

선우는 가게 밖으로 나갔다.

"무슨 일이야?"

─삼촌, 스포그 산하 제삼국의 현지 공장에 골치 아픈 문제가 생겼어.

"얘기해 봐."

─미얀마에 있는 봉제 공장인데 반군이 습격해서 장악했어.

"팡룽공장 말이야?"

선우는 움찔 놀랐다.

스포그 산하 기업들은 전자, 항공 등 과학이나 의학, 금융 쪽이 주류를 이룬다.

─그래. 그 공장 건설, 삼촌이 승인한 걸로 아는데? 최빈국인 미얀마를 원조하는 자선 사업으로 말이야.

"그래, 알아. 설명해 봐."

—미얀마 반군 중에서 세력이 큰 편에 속하는 카렌족 반군이 우리 공장을 습격해서 장악한 거야. 카렌 반군은 그곳 종업원들을 인질로 잡고 1억 달러를 요구하고 있는데 문제는 1억 달러를 줘도 카렌 반군이 공장에서 물러나지 않을 거라고 전문가들이 분석했어. 카렌 반군은 수십 년 동안 미얀마 정부를 괴롭힌 악질 반군이고 여러 번 협상도 펑크를 내는 등 전력이 화려하다는 거야.

"종업원이 몇 명이지?"

—3만 명.

"많구나."

봉제 공장 하나에 3만 명이면 어마어마한 인원이다. 봉제 공장은 인력 집약 직종이라서 종업원이 많을 수밖에 없다. 또한 미얀마의 가난한 사람들을 원조하는 차원에서의 사업이니까 되도록 많은 종업원을 고용했을 것이다.

선우가 알기로는 그곳 봉제 공장은 종업원 복지에도 많은 신경을 써서 먼 지역에서 온 종업원들에게는 기숙사에서 숙식하도록 했으며 공장 내 병원을 운영하고 사내 식당에서는 질 좋은 식사를 제공하고 있다.

종업원 3만 명이 봉제 공장에서 일하고 받는 월급으로 부양하는 가족은 수십만 명일 것이다.

─한국인 미얀마 법인장과 일본, 태국, 유럽의 다국적 책임자들이 20명 정도고 3만 명 거의 전부 미얀마 사람들이야.

"거의 전부라는 건 다른 나라 사람들도 있는 건가?"

─태국인과 라오스인이 4천 명 정도 있대. 아무래도 태국과 라오스 접경 지역이니까.

"음."

─미얀마 군대가 공장을 포위하고 있지만 인질들 때문에 손을 못 쓰고 있어. 카렌 반군은 잔인하기로 유명해서 여차하면 인질들을 마구 죽일 거야.

"지역이 어디야? 카렌족이 사는 곳이라면 골든트라이앵글일 텐데 말이야."

선우가 팡롱공장 건설을 승인했지만 위치까지는 모른다.

─맞아. 미얀마 북동쪽 골든트라이앵글 지역인데 켕퉁이라는 중소 도시야. 스포그에서 전문 협상가들이 그곳으로 출발했는데 전망은 밝지 않다는 거야.

선우 얼굴이 굳어졌다.

"카렌 반군 병력은 얼마나 되지?"

─400명 정도래.

선우의 머리가 빠르게 돌아갔다.

─카렌 반군의 요구대로 1억 달러를 줄지 아니면 다른 방법으로 할지를 삼촌이 결성해야 해.

선우는 자르듯이 말했다.

"내가 가겠다."

혜주는 깜짝 놀랐다.

―삼촌이 미얀마 켕퉁에 가겠다는 거야?

"준비해라."

―삼촌이 간다고 해서 해결될 일이 아냐.

"혜주야."

―알았어.

혜주와 통화를 끝내고 양왕 안으로 들어가려는데 갑자기 가게 안에서 날카로운 비명 소리가 터졌다.

"꺄아악!"

선우는 급히 가게 안으로 달려 들어갔다.

가게 안쪽 소희가 앉아 있는 테이블 앞에서 조향아가 소스라치게 놀란 표정으로 소희를 쳐다보고 있었다.

주방에 있던 조태근이 놀라서 뛰어나왔고 손님들도 모두 조향아를 쳐다보았다.

선우는 어떻게 된 일인지 즉시 알아차렸다. 조향아가 소희를 알아본 것이 분명했다.

이젠 어쩔 수 없었다. 선우가 손을 쓸 상황이 아니고 수습을 해야만 한다.

"향아! 왜 그래?"

달려간 조태근이 조향아에게 물었다.

조향아는 앉아서 벽 쪽을 쳐다보고 있는 소희를 가리키며 놀란 얼굴로 말했다.

"오빠, 안소희 씨야……."

"뭐라는 거야?"

조태근은 조향아가 톱스타 안소희를 말하는 거라고는 1%도 상상하지 않았다.

그런 엄청난 톱스타가 이런 거지 같은 양꼬치집에 올 리가 없기 때문이다.

조향아는 소희에게서 눈을 떼지 못했다.

"오빠, 안소희 씨 덕후 아냐? 그 안소희 씨야."

"저… 정말이야?"

그 말은 조태근뿐만 아니라 가게 안의 손님들까지 모두 다 들었다.

손님들이 다들 일어나더니 소희 주위로 우르르 몰려들어 반신반의하는 표정을 지었다.

소희는 벽 쪽으로 고개를 돌린 상태에서 어떻게 해야 좋을지 몰랐다.

그때 사람들을 뚫고 선우가 그녀에게 다가왔다.

"선우야, 이분 진짜 안소희 씨냐?"

조태근이 묻는 말에 소희가 선우를 보려고 고개를 돌렸다.

그러고는 소희의 빛나는 얼굴이 드러났다.

그 순간 모두의 입에서 비명 소리가 터져 나왔다.

"아악!"

"끄아악! 안소희 맞다!"

모두들 비명을 질렀고 몇 명은 의자에 주저앉기도 했다.

"오빠!"

소희는 잔뜩 당황하고 있다가 선우가 나타나자 발딱 일어나서 자연스럽게 그에게 안겼다.

조태근은 평소에 자신이 여신이라고 생각하는 안소희와 관련된 사진이나 동영상, 물건들을 수집하는 것을 유일한 취미이자 낙으로 삼고 있었다.

그런 안소희를 바로 1m 앞에서 보고 있을 뿐만 아니라 그녀가 선우에게 안겨 있는 모습을 보고는 입에서 거품을 뿜으며 기절하기 직전 상태가 되었다.

조태근뿐만이 아니다. 조향아와 손님들은 넋을 잃고 소희와 선우를 쳐다보느라 정신이 없었다.

한바탕 난리를 치른 후에 테이블에 선우와 소희가 나란히 앉고 맞은편에는 조태근 남매가 앉아 있었다.

손님들은 소희의 사인을 받고 또 인증샷을 찍고 나서 자신들 자리로 돌아갔지만 여전히 소희에게서 시선을 떼지 못하고 있었다.

조태근은 아직도 믿어지지 않는다는 표정으로 선우에게 물었다.

"선우야, 어떻게 된 거냐?"

"어… 그냥 아는 사이입니다."

선우가 얼버무리려고 하는데 소희가 배시시 미소 지으면서 그의 팔을 두 팔과 가슴으로 꼭 안으며 종알거렸다.

"저 오빠 사랑해요."

"으핵?"

"세상에……."

조태근은 너무 놀라서 이상한 소리를 냈고 조향아는 눈을 동그랗게 떴다.

소희가 워낙 작은 소리로 말했기 때문에 다행히 손님들은 그녀의 말을 듣지 못했다.

"소희야, 너."

선우가 정색을 하자 소희는 한술 더 떠서 그의 어깨에 뺨을 기댔다.

"정말이야. 나는 오빠를 너무 사랑해서 밤에 잠도 못 잘 정도란 말이야."

그녀는 이 기회에 농담처럼 진심을 토로했다.

"너 정말……."

선우가 꿀밤을 살짝 때리자 소희는 혀를 쏙 내밀었다.

"헤헤……."

그런 소희의 모습은 정말 보는 사람이 기절할 정도로 귀엽고 아름다웠다.

조태근은 소희 말처럼 그녀와 마치 연인처럼 허물없이 행동하는 선우가 굉장한 사람으로 보였다.

사실 조태근은 이틀 전에 삼도파 보스가 양왕으로 직접 찾아와서 선우에게 구십 도로 허리를 굽히면서 '형님'이라고 했을 때부터 선우를 달리 봤었다.

그때 삼도파 보스는 조태근에게도 '형님'이라고 부르면서 앞으로는 건달이나 조폭들이 양왕 근처에는 얼씬도 하지 않을 것이며, 그동안 수금이랍시고 강탈해 간 돈을 2천만 원으로 퉁쳐서 되돌려 주겠다고 약속했었다.

그런데 오늘 선우가 대한민국 최정상급 아이돌이며 여배우인 안소희와 보여준 행동 때문에 그가 지구상의 사람으로 보이지 않을 정도가 됐다.

선우는 택시를 타고 소희를 집까지 데려다주었다.

소맥을 맥주 컵으로 5잔이나 마신 소희는 얼굴이 빨개졌지만 많이 취하지는 않았다.

소희의 빌라 상트빌 앞까지 데려다주었더니 그녀가 선우의 손을 잡고 빌라 안으로 잡아끌었다.

"오빠, 잠깐 들어와 봐. 줄 게 있어."

자동 유리문이 닫히자 소희는 선우를 CCTV에 잡히지 않는 구석으로 밀고 갔다.

"눈 감아봐."

선우는 시키는 대로 눈을 감았다. 소희가 깜짝 선물을 하려는가 보다 짐작했다.

한동안 기다려도 아무 일이 없어서 눈을 뜨려고 하는데 선우의 입술에 부드럽고 촉촉한 무엇인가가 닿았다.

"……."

그런데 놀랍게도 그건 소희의 입술이었다.

그녀는 한껏 까치발을 하고 목을 길게 빼서 키를 높여 선우와 입맞춤을 시도한 것이다.

그녀가 준다는 것이 입맞춤일 줄은 몰랐다. 생각지도 못했던 선물이다.

깜짝 놀란 선우가 반응을 하기도 전에 소희가 팔짝 뛰어 두 팔로 그의 목을 감고 매달리면서 입술을 비볐다.

"오빠… 으음……."

선우는 이게 무슨 시츄에이션인가 잠시 얼떨떨했지만 곧 상황을 파악했다.

소희는 그를 남자로 보는 게 분명하고, 뿐만 아니라 그를 좋아하는 모양이다.

좋아하지도 않는 남자에게 여자가, 그것도 소희 정도의 톱스타가 입을 맞추지는 않을 것이다.

어쨌든 이런 상황에 놀라서 여자를 밀어내는 건 천하에 둘도 없는 병신이나 하는 짓이었다. 선우의 이성이 아니라 본능이 그렇게 말하고 있다.

선우는 그런 병신이 아니다. 그렇다고 이게 웬 떡이냐 하면서 적극적으로 소희를 탐하지는 않았다. 단지 우두커니 서서 그녀가 하는 대로 가만히 있을 뿐이다.

굴러온 떡, 아니, 최고의 찬스를 묵묵부답으로 반응하다니, 이 정도면 완전 병신은 아니더라도 반병신인 셈이다.

소희는 두 팔로 선우의 목에 매달려서 그의 몸에 기어오르려고 바둥거리더니, 팔짝 뛰어 그의 허리를 두 다리로 감고는 안정적인 자세를 취했다.

선우는 무슨 말을 하려고 해도 소희가 입을 막고 있어서 어쩔 도리가 없다.

그런데 그에게 매달린 소희가 흘러내리려고 하자 그는 두 손으로 그녀의 엉덩이를 받쳐주는 친절을 베풀었다.

그의 행동은 소희를 돕는 꼴이 돼버렸다. 이것 역시 이성이 아닌 본능적인 행동이었다.

편안한 자세가 되자 소희는 입술을 비비다가 살며시 그의 입속으로 혀를 밀어 넣었다.

그녀로서도 생전 처음 딥키스를 해보는 터라서 심장이 미친 듯이 두근거리고 정신이 하나도 없었다.

그녀의 심장 뛰는 소리가 천둥처럼 선우에게 들릴 정도다.

이렇게 되자 결국 선우도 참지 못하고 소희의 혀를 받아들여 빨기 시작했다.

그는 목석이 아니다. 젊은 피가 펄펄 끓는 23살 건강한 남자인 그가 이런 상황을 뿌리친다는 것은 정말 죽기보다도 어려운 일이다.

더구나 그는 생전 처음 여자와 키스를 하는 것이다. 정신이 몽롱해지고 괴이한 흥분에 휩싸이는 것이 당연했다. 그 흥분이 그의 정신까지 마비시키기 시작했다.

벽에 등을 붙인 선우는 이제 자신이 더 적극적으로 소희를 끌어안고 혀를 빨았다.

"그… 만해, 오빠……."

소희가 입술을 떼고 두 손으로 선우의 가슴을 밀었지만 그는 끄떡도 하지 않았다.

그렇지만 그 바람에 선우는 정신을 차렸다.

잠시 동안 그는 제정신이 아니었던 것 같다.

그런데 이상한 자세와 상황이 돼버렸다.

조금 전까지만 해도 소희가 두 팔로 선우 목에 매달리고 두 다리로 그의 허리를 감고 있었다.

그런데 지금은 바닥에 내려선 그녀가 벽을 등지고 서 있는 자세다.

그런데 그게 다가 아니다. 선우의 한 손이 소희의 상의 밑으로 들어가서 브래지어 안으로 한쪽 유방을 움켜쥐고 있는 것이 아닌가.

"엇?"

선우는 화들짝 놀라서 급히 소희에게서 손을 떼고 한 걸음 뒤로 물러났다.

"미, 미안하다……."

말려 올라간 상의와 브래지어 아래로 소희의 뽀얗고 탐스러운 유방이 가련하게 흔들리고 있었다.

그녀는 급히 유방을 감추었다.

선우는 당황하고 미안해서 어쩔 줄 모르고 전전긍긍했다.

"오빠 순……."

소희는 두 눈에 눈물이 그렁그렁 고여서 원망의 눈빛으로 선우를 바라보았다.

사실 조금 전에 소희가 능동적으로 행동을 한 것은 그럴 만한 이유가 있었다.

그녀는 자신이 선우를 사랑하기 시작했다고 믿었다.

그런데 느닷없이 라이벌이 등장했다.

보통 라이벌이라고 하면 대한민국 최고 몸값을 자랑하는 안소희가 눈썹 하나 까딱하지 않았을 것이다.

하지만 그녀의 라이벌은 현재 대한민국을 들었다 났다 하는 베누스의 미아다.

소희는 미아가 선우를 대하는 표정이나 눈빛, 말투, 행동을 하나도 놓치지 않았다.

여자는 여자가 잘 아는 법이다. 소희가 봤을 때 미아는 선우를 사랑하고 있거나 앞으로 사랑하게 될 가능성이 매우 큰 것 같았다.

선우는 어떤 여자가 보더라도 한눈에 사랑에 빠질 만큼 모든 것이 완벽한 남자다.

더구나 소희나 미아처럼 생명의 은인일 경우에는 더더욱 그에게서 벗어나기 어렵다.

그래서 마음이 다급해진 소희는 자신이 미아보다 더 먼저 선우를 선점해야만 한다고 생각했다.

그래서 선우에게 선물을 주는 체하면서 기습적으로 키스를 했던 것이다.

이른바 미아보다 먼저 도장을 찍어두겠다는 의미였다.

만약 선우가 그녀를 밀치거나 키스를 거부하면 어쩌나 걱정했는데 이건 대성공이다.

그렇지만 선우가 지나치게 흥분한 나머지 설마 그녀의 상의 속에 손을 넣어 유방을 움켜잡을 줄은 조금도 예상하지 못했었다.

아까 그런 상황에서는 대다수의 남자가 선우처럼 행동하겠지만 경험이 없는 소희는 거기까지는 예상하지 못했다.

"소희야."

"몰라! 짐승!"

소희는 눈물을 흘리면서 빽 소리치더니 엘리베이터 앞으로 달려가서 버튼을 눌렀다.

선우는 소희 뒤에 가서 전전긍긍했다.

"소희야, 미안하다. 응?"

만능술사 선우지만 이런 상황에서는 절대 만능이지 못했다.

그를 등지고 있는 소희는 눈물을 흘리면서도 선우가 쩔쩔매는 것 때문에 조금 웃음이 나왔다.

엘리베이터가 열리자 소희는 안으로 냉큼 뛰어들어 선우를 외면하고는 얼른 문을 닫고 위로 올라갔다.

선우는 씁쓸한 표정으로 잠시 그곳에 서서 닫힌 엘리베이터 문을 쳐다보고 있다가 몸을 돌려 밖으로 나왔다.

"미친놈."

그런 중얼거림이 저절로 나왔다.

큰길 쪽으로 걸어가면서 그는 어이없는 표정을 지었다.

소희를 사랑하지도 않으면서 그녀에게 그럴 수 있다는 게 이해가 되지 않았다.

'내가 소희를 좋아하는 건가?'

좋아하기는 하지만 사랑하는 건 아니다. 좋아하는 감정은 누구에게나 가질 수 있다. 그는 마리도 좋아하고 있다.

정신도 몸도 최고로 건강한 그가 소희의 키스 한 번에 정신을 잃을 정도로 흥분하다니 이건 그로서도 처음 있는 일이고 전혀 예상하지 못했다.

아직도 그의 오른손에는 소희의 따뜻하면서도 부드럽고 풍만한 유방의 감촉이 고스란히 생생하게 남아 있었다.

그는 고개를 절레절레 가로저었다.

"위험했어."

그러다가 소희네 빌라 상트빌 6층을 돌아보았다.

소희가 창가에서 그를 내려다보고 있는 모습이 보였다.

선우는 미안한 마음에 돌아서서 소희에게 손을 들어 보였다.

하지만 소희는 커튼을 닫아버렸다.

선우는 씁쓸한 얼굴로 창문을 바라보다가 몸을 돌려 다시 걷기 시작했다.

그는 이것으로 소희하고는 끝이라는 생각이 들었다.

지금 생각해 보니까 그는 소희하고 조금 정이 들었던 것 같아서 조금 놀라웠다.

아까까지만 해도 전혀 몰랐었는데 이제 소희하고는 끝이라고 생각하니까 그녀와 정이 들었다는 사실을 깨달았다. 정말 희한한 일이다.

소희는 선우가 가는 모습을 지켜보다가 그가 갑자기 돌아서서 손을 흔드는 바람에 화들짝 놀라서 커튼을 닫아버리고 숨었다.

그러고는 한참 지나서 조심스럽게 커튼 사이로 밖을 내다보자 선우의 모습은 보이지 않았다.

그녀는 텅 빈 거리를 내려다보면서 입술을 깨물었다.

'못됐어. 첫 데이트에 그런 짓을 하다니 절대로 용서할 수가 없어……!'

그녀는 커튼을 닫고 돌아섰다.

'흥! 두고 봐. 오빠가 먼저 전화하기 전에는 절대로 만나지 않을 거야.'

한 번도 남자를 사랑해 본 적이 없는 그녀는 사랑이 서툴기만 했다.

제13장
미라클 샤론

선우는 큰길에 나와서 혜주에게 전화를 했다.

"혜주야, 어디에 있니?"

―강남이야.

"그럼 데리러 와라."

―알았어.

"여기가 어디냐 하면……."

그때 선우 앞으로 눈에 익은 벤틀리 뮬산 스피드가 스르르 굴러 와서 멈췄다.

세복의 운전 기사가 재빨리 내려서 뒷문을 열어주었다.

척!

선우가 뒷좌석에 타자 왼쪽에 앉아 있던 혜주가 그를 보며 고개를 까딱거렸다.

"어서 와."

선우가 도련님이고 혜주가 비서였을 때는 감히 꿈조차 꾸지 못할 건방진 행동이다.

어쨌든 혜주의 기선을 제압하려고 숙질 관계, 즉 삼촌과 조카로 가자고 한 사람은 선우니까 이제 와서 후회하는 건 남자가 할 일이 못 된다.

선우는 혜주가 근처에서 대기하고 있었다는 걸 알았지만 캐묻지는 않았다.

"삼촌, 지금 출발할 거야?"

선우가 파라다이스맨션에 가려고 했다면 혜주더러 데리러 오라고 하지 않았을 것이다.

이제 미얀마행이다.

"그래."

선우는 입으로는 대답하면서 휴대폰을 꺼내 종태에게 전화를 걸었다.

"입양아 건 어떻게 됐어?"

ㅡ모친을 거의 다 찾았는데 마지막 단계에서는 내가 직접 돌아다니면서 발품을 팔아야 할까 보다.

"언제쯤이면 알 수 있을 것 같아?"

—한 2~3일 걸릴 거다.

"형이 수고 좀 해줘."

—알았어. 그리고 의뢰 하나 더 있다.

"말해봐."

—연예인 실종 사건이다.

선우는 조금 짜증을 냈다.

"종태 형, 내가 연예 담당이야?"

—너… 왜 그러냐?

"형은 어째서 걸핏하면 연예인 의뢰만 받는 거냐구. 또 여자겠지?"

—그래. 여자 연예인이야.

선우는 소희 일 때문에 마음이 무거워져서 짜증을 냈다. 이건 전혀 그답지 않은 행동이다.

—처음부터 선우 네가 해결한 연예인 일들이 입소문을 냈던 것이고 그래서 알음알음 의뢰가 들어온 거잖아.

종태는 선우의 반응을 의뢰 거절로 받아들였다.

—알았어. 내가 알아서 거절할게.

"누가 의뢰한 건데?"

—하명수 씨야.

"하명수 씨가?"

예전에 선우가 마리의 오디션을 부탁했던 하 사장이 바로 하명수고 연예계 마당발에 실력자다.

하명수가 의뢰했다면 거절하기 곤란하다.

"누가 실종됐는데?"

—할 거야?

"누군지 말해봐."

—샤론 켈리.

선우는 뜻밖이라는 표정을 지었다.

"미라클 샤론 말이야?"

—그래. 미라클 샤론.

미라클 샤론은 연예계의 떠오르는 샛별이다. 또한 '기적의 샤론'이라는 닉네임으로 불릴 만큼 무서운 기세로 승승장구하고 있다.

이름만 들으면 외국인 같지만 한국인 엄마와 캐나다인 아버지 사이에서 태어난 혼혈이고 캐나다와 한국 이중국적이며 아직 17살 여고 1학년의 어린 소녀다.

하지만 선우가 TV에서 가끔 보는 샤론 켈리는 발육이 좋아서 20대 젊은 여자 이상의 근사한 미모와 몸매를 지녔다.

어린 나이답지 않게 노래와 춤에 발군의 실력을 보이고 있으며, 요즘에는 영화와 드라마에도 진출해 광고계에선 그녀를 잡으려고 벌써부터 난리였다. 한마디로 요즘 블루칩이고 대세다.

대한민국 여자 아이돌로서 소희와 미아가 쌍두마차로 양분하고 있다면 샤론 켈리는 두 여자의 턱밑까지 바싹 추격하고 있는 다크호스라고 할 수 있다.

"미라클 샤론이 실종됐다는 거야?"

―그래. 부산 해운대 요트장에서 가족끼리 요트를 타고 나갔는데 연락이 끊어졌다. GPS도 사라졌어.

"그럼 침몰한 거잖아?"

―전문가들은 요트가 침몰했을 거라고 짐작하고 있어. 하지만 요트가 침몰했다는 뚜렷한 증거가 없는 데다 시신이 한 구도 발견되지 않았어.

"어떤 요트지?"

―독일의 바바리아라는 세계 최정상급 제작사에서 만든 42피트짜리 세일 요트야. 42피트면 중형 요트란다.

"자료 보내."

―의뢰 수락할 거야?

"나 잠시 후에 출국할 건데 이게 더 급한 일인지 자료 보면서 생각 좀 해볼게."

―출국? 어디 가는데?

"미얀마."

―거긴 왜?

"종태 형."

―알았어. 지금 자료 보낸다.

선우가 통화를 끝내자 혜주는 아무것도 묻지 않고 리모컨을 조작하여 조수석 의자 뒤편에 장착된 모니터를 켰다.

모니터에 누군가 나타났는데 성신그룹 총수이며 신강가의 집사인 오진훈이다.

―도련님, 오진훈입니다.

종태가 휴대폰으로 보낸 메일을 보고 있던 선우는 시선을 모니터에 주었다.

"집사님이 보낸 메시지예요."

오진훈이 듣고 있기 때문에 혜주는 공손히 설명했다.

모니터의 오진훈은 언제나 그렇듯이 말쑥한 모습에 공손한 태도로 말했다.

―도련님, 마가(魔家)의 꼬리를 잡았습니다.

시트에 몸을 묻고 있던 선우는 움찔하며 상체를 세웠다.

"설명하세요."

선우네 신강가하고는 천년 숙적인 마가는 지난 50여 년 동안 종적이 묘연했었다.

22년 전, 침묵을 지키고 있던 마가는 느닷없이 나타나서 선우네 일가, 즉 조부모와 부모를 무차별 살해하고는 연기처럼 사라졌었다.

─천지그룹 현부일 회장이 마가의 일원인 것으로 최종 확인
됐습니다.

선우는 반사적으로 천지그룹 현부일 회장의 막내아들인 현
성진이 떠올랐다.

"그럼 마현가입니까?"

마가는 수시로 성을 바꾸면서 살아왔으므로 현재는 어떤
성씨를 사용하는지 모른다.

천지그룹 회장이 마가의 일원이고 현씨니까 '마현가'가 아닐
까 짐작하는 것이다.

─현부일 현씨 일가가 마가의 몸통인지 그저 충복(忠僕)인지
는 확실하지 않습니다. 현씨 일가를 감시하고 있으니까 조만
간 알게 될 겁니다.

선우는 현성진이 감쪽같이 증발한 일을 떠올렸다.

"할아범, 마가 일족이 '입마(入魔)'해서 '마공(魔功)'을 연성하
는 데 얼마나 걸립니까?"

현성진의 형 현성풍은 동생에게 '입현'이라고 말했지만 신강
가에서는 '입마'라고 한다.

마가 일족이 어떤 성씨를 사용하는지 모르고 평범했던 사
람이 마침내 마족(魔族)이 된다는 의미에서 '입마'라고 하는 것
이다.

─입마해서 마공대법과 각종 마법, 마기들을 연성하는 데

평균 1년이 걸립니다만 뛰어난 자질을 지녔다면 반년이나 석 달도 가능합니다.

"현씨가 마가일 가능성은 얼마나 됩니까?"

─현재로선 절반 이상입니다.

"국내에 거주하고 있는 현씨 일족에 대해서 조사하고 있습니까?"

─조사하고 있는 중입니다.

"그럼 수고해 주세요. 다른 건 없습니까?"

─도련님, 스포그 정기 총회 장소에 대해서 생각하셨습니까?

전 세계 여러 분야에서 맹활약 중이며 단단한 세력을 다진 스포그의 보스가 누군지에 대해서는 베일에 가려져 있는 상황이라서 스포그 정기 총회를 국내에서 할 수는 없다.

"좀 더 생각해 보겠습니다."

─최소한 정기 총회 3일 전에는 말씀해 주십시오.

"알았습니다."

─건승하십시오, 도련님.

모니터가 꺼졌다.

"혜주야, 부산으로 가야겠다."

선우가 갑자기 부산에 가야 한다는 데도 혜주는 일체 의문도 갖지 않았으며 토를 달지도 않았다.

"준비해야 할 게 있어?"

슥—

선우는 종태가 보내온 휴대폰의 자료를 보여주었다.

"요트가 침몰하거나 표류 중인 것 같아. 이 좌표를 수색해야겠다."

"우리 힘을 사용할 거야?"

"그래."

"알았어. 이 자료 엑세스해서 스포그 커맨드(Command)로 보내고 그쪽 전문가도 부산에 대기시켜 둘게."

선우는 휴대폰을 차량의 오디오와 연결시킨 후에 마리와 소희의 노래를 섞어서 저장한 파일을 열었다.

그러고는 볼륨을 조금 높인 후에 시트에 깊숙이 몸을 묻고 눈을 감았다.

노래 순서를 정해놓지는 않았는데 우연인지 소희의 '불멸의 연인'이 첫 곡으로 경쾌하게 흘러나왔다.

문득 선우는 아까 소희네 빌라 일 층에서 있었던 일이 또다시 떠올랐다.

'왜 그랬지? 이성을 잃어버릴 정도로 흥분하다니…….'

김해공항에서 개인 전용 자가용 제트기 보잉707에서 내린 선우는 그곳에 대기 중이던 헬기를 타고 다시 이륙했다.

투투투투투—

그는 원래 자신의 개인적인 직업인 만능술사 일은 종태와 둘이서만 해결했었는데 샤론 켈리를 찾는 일은 스포그의 힘을 빌려야만 할 것 같았다.

스포그 전용 중형 헬기에는 스포그 소속 전문가들이 만반의 준비를 하고 선우를 기다리고 있었다.

"보내주신 좌표 근처의 위성사진입니다."

항법 전문가가 모니터를 작동했다.

"여길 보십시오. 어두워서 정확한 것은 모르겠지만 제 생각엔 선박의 부유물인 것 같습니다. 저희가 발견한 직후 해경에 부유물이 있는 곳을 알려주었습니다."

모니터 화면에는 어두운 밤바다에 희끗한 작은 물체들이 떠 있는 영상이 나타났다.

전문가가 최대한 확대를 해보지만 가까이 당기면 흐려졌다가 멀게 하면 또렷하긴 한데 작아서 무엇인지 식별하기가 어려웠다.

"또렷하게 해보세요."

선우의 주문에 전문가가 즉시 화면을 조작하여 또렷하지만 멀게 잡았다.

선우는 시력이 보통 사람들보다 10배 이상 좋은데 네 개의 능력 외에 부수적인 능력이 그 정도다.

흐릿한 것은 분간이 어렵지만 작아도 또렷한 물체를 식별하는 것은 충분히 가능하다.

"됐습니다. 멈추세요."

전문가가 화면을 고정하자 선우는 시선을 고정시키고 뚫어지게 주시했다.

"저건 아이스박스하고 구명 튜브입니다. 그리고 나무로 만든 핸들이 부서진 것 같은데 자동차 핸들보다는 훨씬 큰 종류인 것 같습니다."

항법 전문가 옆에 있던 요트 전문가가 즉시 말했다.

"그것들은 모두 요트에서 사용하는 용품들입니다. 세일 요트의 조타 핸들은 자동차 핸들보다 서너 배 이상 큽니다. 그게 부서진 것 같습니다."

"그렇다면 요트가 어떻게 된 상황입니까?"

요트 전문가는 심각한 표정을 지었다.

"최악의 경우 전복됐을 가능성이 큽니다."

"전복……."

요트 전문가는 막힘없이 설명했다.

"세일 요트가 항해 중에 당할 수 있는 사고는 표류와 다른 배와의 충돌, 그리고 큰 파도에 의한 침몰, 또는 전복 네 가지입니다."

선우는 고개를 끄떡이면서 들었다. 그는 이곳에 오면서 비행기 안에서 인터넷으로 대충 찾아본 요트에 대한 지식이 전부였다.

"지금 같은 경우엔 표류와 충돌은 아닙니다. 표류라면 조난신고나 무전이 가능합니다. 또한 충돌이라면 파편이나 부유물들이 바다에 많이 떠다녀야 합니다."

"그렇겠군요."

"현재로선 거대한 파도나 너울에 휩쓸려서 침몰이나 전복이 됐을 가능성이 큽니다. 그러나 침몰이 돼도 요트에서 부유물들이 흘러나오게 마련인데 제가 볼 때는 전복일 가능성이 큽니다."

"침몰과 전복은 뭐가 다릅니까?"

"침몰은 말 그대로 여러 원인 때문에 요트가 물속으로 가라앉는 겁니다. 하지만 이럴 때에는 최소한 10분에서 20분 정도의 시간적 여유가 있기 때문에 구명보트를 펼칠 수 있습니다."

"구명보트는 발견되지 않았지요?"

"발견되지 않았습니다. 그래서 요트가 뒤집어진 것, 즉 전복으로 보는 겁니다."

선우는 캄캄한 헬기 창밖을 내다보고 나서 물었다.

"전복도 침몰 아닙니까?"

"그렇습니다."

요트 전문가는 손바닥을 활짝 펴서 위를 향했다가 뒤집었다.

"하지만 거대한 파도에 의해서 요트가 허공으로 떠올랐다가 단번에 뒤집히기 때문에 요트의 파손이 거의 없다는 특징이 있습니다."

"파손이 있고 없고가 무슨 차이입니까?"

"큰 차이가 있습니다. 요트에 구멍이 뚫리거나 기울어서 순식간에 침몰을 하게 되면 생존자가 없지만 전복되면 요트의 구조적 특성 때문에 안쪽에 공기가 남아 있어서 호흡이 가능하여 한동안 생존할 수 있습니다."

"한동안이란 어느 정도입니까?"

"요트가 전복됐을 때 선실에 공기가 많다면 물속으로 가라앉지 않고 뒤집힌 상태로 표류할 겁니다. 하지만 공기가 적다면 가라앉겠지요."

"더 정확하게 설명해 주세요."

"요트의 선실에는 집으로 말하자면 캐빈, 즉 서너 칸의 침실과 거실, 주방, 최소 2개의 화장실 겸 욕실이 있는데 그중에 절반만 공기가 있어도 요트가 수면에 떠서 표류를 할 겁니다."

선우가 고개를 끄떡이자 요트 전문가가 설명을 이었다.

"선실 내부에 공기가 절반일 때 요트는 수면에 뜨지도, 완전히 가라앉지도 않은 상태로 물속에서 해류를 따라서 표류를 할 것입니다. 이럴 때는 찾아내는 것이 거의 불가능합니다. 그리고 공기가 없으면 없을수록 더 바닥에 가라앉을 것이고, 캐빈 한 칸에 공기가 남아 있는 정도라면 바닥에 가라앉아 있을 겁니다."

"그 정도면 생존자가 얼마나 버팁니까?"

"깊은 바다라면 수압 때문에 요트와 사람이 짓이겨졌을 테고 다행히 얕은 곳이라면 4인 가족일 경우 한나절 정도 버틸수 있을 겁니다."

선우는 샤론 켈리네 가족이 탄 요트가 실종된 지 오늘이사흘째라고 알고 있다.

투투투탓탓탓!

어느덧 헬기는 부산 광안대교 너머 오륙도 앞바다 상공에이르렀다.

"부유물이 발견된 곳의 해류가 어디로 흐릅니까?"

"북쪽으로 표층 해류가 시간당 4.7㎞의 속도로 흐르고 있습니다."

"부유물이 발견된 해상의 위치가 어디이며 그때 시간이 언제였습니까?"

"여깁니다. 그때 시간이 밤 8시 47분이었습니다. 지금으로부터 약 2시간 15분 전이었습니다!"

항법 전문가가 모니터 화면의 한 곳을 가리켰다.

선우는 그곳을 쏘듯이 주시하면서 명령했다.

"일단 그곳으로 갑시다!"

부유물이 발견된 해역은 오륙도 등대섬에서 북북서쪽으로 1.7㎞ 해상이었다.

그곳 해상에는 부유물이 발견됐기 때문에 이미 해양 경비정과 보트들 수십 척이 대낮처럼 환하게 불을 켜고 수색에 임하고 있는 중이다.

그러나 수면만 수색하고 있어서 요트가 가라앉았다면 전혀 효과를 거두지 못할 것이다.

수중에 잠수부들이 들어가서 수색하는 것은 날이 밝아야지만 가능했다.

쿠투투투툿—

밤하늘에는 몇 대의 헬기가 떠서 바다에 서치라이트를 이리저리 비추고 있었다.

선우와 혜주가 탄 스포그 헬기도 그 속에 섞여 들었다.

"열 감지 카메라 있습니까?"

"준비되어 있습니다!"

해양 경찰은 열 감지 카메라 같은 첨단 장비가 없다. 열 감지 카메라를 작동하면 바닷속에서 움직이는 생물체들을 포착할 수 있다.

"작동시키세요!"

항법 전문가가 기계를 조작하여 렌즈에서 뿜어지는 빔을 바다로 향했다.

"작동시켰습니다!"

모니터에 바닷속에서 유영하고 있는 제법 큰 물고기들이 붉은 점으로 나타났다.

사람은 그보다 훨씬 큰 물체로 감지될 것이다. 만약 생존자가 있다면 말이다.

"열 감지 카메라는 반경 30m 이내만 촬영이 가능합니다!"

지금부터 부유물이 발견된 해역을 중심으로 반경 수십 km 이내를 감지해야 하는데 반경 30m라면 너무 협소하다.

"씨플레인 있습니까?"

씨플레인은 수상비행기를 가리킨다.

"있습니다!"

"거기에도 열 감지 카메라가 있습니까?"

"네, 있습니다!"

"씨플레인과 헬기를 있는 대로 다 띄우라고 하세요!"

만약 전복된 요트 안에 생존자가 있다면 움직이지 않는 상태이고 또 물고기보다 크게 화면에 표시될 것이다.

선우는 해경이 수색하고 있는 곳에서 북북서쪽으로 25km나 떨어진 곳을 이 잡듯이 뒤지고 있는 중이다.

부유물이 발견된 해역에서 2시간 정도 열 감지 카메라로 바닷속을 훑었으나 소득이 없었다.

그곳에서 생존자들을 발견하지 못했다는 것은 요트가 전복되어 바닥에 가라앉지 않고 해류를 따라서 계속 흘러가고 있다는 뜻이다.

아니면 생존자들이 없어서 열 감지 카메라에 잡히지 않는 경우다.

스포그의 전문가들은 해류의 흐름과 그동안 경과한 시간을 비롯한 해상에서의 몇 가지 조건과 작용으로 봤을 때 바닷속에서 해류를 따라 북상하고 있는 요트의 위치를 부산 기장읍에서 동쪽으로 35㎞라고 산출해 냈다.

그러나 그럴 가능성은 33.3%다.

쿠로시오본류가 일본 큐슈에서 북상하여 대한해협을 통과할 때는 대한난류라는 지류로 갈라지며, 이것이 또다시 1, 2, 3분지류로 갈라진다.

제1분지류는 대한해협의 동수도(東水道)를 지나 일본 혼슈 북서해안을 따라서 흐른다. 요트가 제1분지류에 올라탔다면 찾는 것이 불가능하다.

이 해류는 염도가 높기 때문에 해류가 침강하는 탓에 요트가 수백 m 바닷속으로 가라앉을 것이고, 또한 해역이 너무나도 광활하기 때문이다.

대한난류의 제2분지류는 서수도(西水道)를 지나 동해 한복판으로 북상하지만 다시 동쪽 방향으로 바꿔서 일본으로 흘러간다.

이 경우에도 제1분지류와 같은 이유로 요트를 찾을 가능성이 극히 희박하다.

제3분지류는 동한난류라고도 하는데 제2분지류에서 갈라져서 우리나라 동해안 해안선을 따라서 북쪽으로 흐른다.

선우는 제1분지류와 제2분지류를 포기하고 제3분지류에서 요트를 발견한다는 것에 성패를 걸었다. 그래서 요트를 찾을 확률이 33.3%라고 한 것이다.

AM 5시 42분. 동이 터오고 있었다.

해경에 이 지역을 수색하자고 통보를 했지만 듣지 않았다. 해경 전문가와 정보, 산출을 더 믿기 때문에 민간 수색자를 신뢰하지 않았다.

요트 전문가는 선실 캐빈 한 칸에 공기가 있으면 4명의 생존자가 한나절을 버틸 수 있다고 했지만 그것은 어디까지나 추측일 뿐이다.

공기가 더 있을 수도 있지만 한 칸보다 적다면 이미 죽었을 수도 있고 죽어가는 중일 수도 있었다.

쿠투투투툿…….

선우는 김해공항에 도착한 이후 잠시도 쉬지 않고 스포그 전용 헬기에 탄 상태에서 수색에 참가하고 있다.

스포그가 동원한 항공기는 씨플레인 수상비행기 3대에 헬기 5대, 해상에서 수색하고 있는 배가 30여 척이다.

모니터를 뚫어지게 주시하던 선우는 열려 있는 옆문으로 상체를 내밀고 수면을 내려다보았다.

씨플레인과 헬기 등 8대의 항공기가 열 감지 카메라로 샅샅이 훑고 있는데도 요트를 찾아내지 못하자 답답해서 눈으로 직접 찾아보려는 것이다.

헬기는 수면에서 50m 상공에 거의 정지하다시피 낮게 떠서 열 감지 카메라로 아래를 훑고 있다.

항법, 요트 전문가의 계산대로라면 이곳 해역 반경 4km 이내에 요트가 있을 거라고 했다. 물론 요트가 반잠수 상태였을 때의 얘기다.

선우는 자신의 시력으로 물속이 어느 정도 흐릿하게 보인다는 사실을 깨달았다. 동해의 물이 워낙 맑기 때문에 가능한 일이다.

뚜렷하지는 않지만 물이 맑아서 흐릿하게나마 수심 50m 이내는 식별할 수 있을 것 같았다.

"지금부터 좀 더 북쪽으로 시속 20km 정도 속도로 천천히 갑시다!"

선우가 외치자 조종사가 즉시 정지 비행을 풀고 헬기를 천천히 비행했다.

선우는 눈도 깜빡이지 않고 열 감지 카메라보다 10배는 더 빠른 속도로 바닷속을 스캔했다.

지금부터는 시간 싸움이다. 생존자들이 죽지 않았다면 극도의 산소 부족 상태에 빠져 있을 것이다.

'저거!'

선우는 물속에서 뭔가를 발견하고 움찔했다.

하얗게 흐릿한 것이 있는데 제대로 보지 못했다.

"멈춰! 후진!"

헬기가 후진을 할 수 없다는 걸 알면서도 마음이 급해서 그렇게 외쳤다.

방금 그는 물속 깊은 곳에 희끗한 것을 본 것 같았다. 지금까지 봐왔던 검푸른 물빛이 아니라 분명히 희끄무레한 물체였다.

헬기가 선회하여 조금 전에 지나왔던 곳으로 되돌아갔다.

"정지!"

선우는 팔을 들어 주먹을 움켜쥐며 외쳤다.

"하강!"

그는 수면에서 시선을 떼지 않으면서 명령했다.

"보트 이쪽으로 보내십시오!"

헬기 프로펠러의 강한 바람 때문에 수면에 물결이 크게 일렁거려서 아무것도 보이지 않았다.

무전을 받고 40톤급의 아지무트 파워 보트 한 대가 총알같이 달려왔다.

선우와 전문가들은 줄사다리를 타고 파워 보트로 옮겨 탔고 혜주는 남았다.

헬기가 떠난 후 물결이 잔잔해지자 선우는 바닷속을 내려다보다가 보트 후미 수면과 거의 맞닿은 다이빙대에 엎드려서 아예 물속에 머리를 집어넣었다.

헬기에서는 수면 50m 상공에서 내려다보았지만 지금처럼 하면 물속을 더 또렷하게 더 깊이 볼 수 있을 것이다.

'있다!'

수면에서 30~35m 깊이의 물속에 희고 길쭉한 큰 물체가 떠 있었다. 아니, 천천히 북쪽으로 흘러가고 있는데 저런 모양의 바위는 없다.

요트의 밑바닥이 분명했다.

옆에서 물안경을 끼고 선우처럼 물속을 들여다보던 요트 전문가가 고개를 들고 외쳤다.

"요트입니다!"

그는 물속에서 고개를 드는 선우를 향해 거의 외치듯이 물었다.

"어떻게 한 겁니까?"

그는 선우의 신분을 모르지만 무조건 복종하라는 상사의 명령을 받았었다.

"육안으로 수색한 겁니다."

"육안으로……."

요트 전문가는 선우가 거짓말을 하는 것이라고 생각했다. 헬기에서는 절대 육안으로 물속 30m에서 흘러가는 요트를 발견할 수 없기 때문이다.

그렇지만 요트 전문가는 더 캐묻지 않았다. 요트를 찾았으면 됐지 더 캐물을 이유가 없었다.

첨벙!

선우는 서둘러서 바닷속으로 뛰어들었다.

그는 급한 대로 허리에 휴대용 산소호흡기 두 개를 찼지만 정작 자신은 산소마스크, 즉 스쿠버 장비를 착용하지 않은 상태였다.

그것들을 장착하느라 시간을 허비할 수 없고 사실 그는 스쿠버 장비가 필요하지 않기 때문이다.

"여보시오! 뭐 하는 겁니까?"

스쿠버 장비를 챙기러 가던 요트 전문가가 물속으로 뛰어든 선우를 향해 다급히 외쳤다.

하지만 선우는 이미 거의 수직으로 잠수하고 있는 중이었다.

금제를 당하지 않은 그의 네 가지 능력 중에서 마지막 네 번째는 물속에서 물고기 이상으로 자유롭다는 것이다.

무호흡 상태에서 최대 5시간까지 견딜 수 있으며 수중에서 거의 돌고래 정도의 빠른 유영을 할 수 있다는 사실이다.

신족인 그의 신체는 물속에 녹아 있는 산소를 피부로 섭취할 수 있도록 되어 있다.

선우는 뒤집어진 요트가 있는 수중 30m까지 돌고래처럼 허리와 다리만 사용해서 돌핀킥만 하여 수직으로 잠수해 뒤집힌 상태인 요트 아래로 다가갔다.

아래로 늘어진 메인마스트의 돛은 갈가리 찢어져 있었다. 돛을 걷을 새도 없이 전복됐으며 표류하는 과정에 돛이 찢어졌다는 뜻이다.

부러진 조타 핸들이 보였다. 부러져 나간 조타 핸들을 부유물로 발견했었다.

선우는 몸을 뒤집어서 배영을 하는 자세로 선실 쪽으로 다가갔다.

선실 입구의 문이 굳게 닫혀 있었다.

입구가 닫혀 버리면 수압 때문에 안에서 아무리 열려고 해도 열리지 않는다.

그렇기 때문에 설혹 생존자가 있다고 해도 선실 밖으로 나오지 못했을 것이다. 그런 상황이라면 감옥에 갇힌 것이나 다름이 없다.

선우는 입구 손잡이를 잡고 조금 힘을 줘서 잡아당겼다.

우득…….

수 톤의 압력을 받고 있는 입구가 맥없이 뜯어져 나갔다.

선우는 선실 안으로 빨려 들어갔다. 그는 손을 전혀 사용하지 않고서 허리와 두 다리만으로도 돌고래처럼 빠르고 매끄럽게 유영했다.

선실의 거실은 물이 꽉 차 있으며, 몹시 어두웠고, 온갖 물건들이 떠 있다가 그가 일으키는 물결을 따라서 갑자기 일렁거리기 시작했다.

그렇지만 선우의 시력은 워낙 뛰어나서 한 줄기의 빛만 있어도 주위를 대낮처럼 환하게 볼 수 있다. 또한 요트의 창을 통해서 흐릿한 빛이 스며들고 있었다.

선우가 이리저리 유영하면서 둘러보았지만 캐빈, 즉 침실의 문은 다 열려 있고 그 안에도 물이 들어차 있었다.

다만 두 개의 침실 천장에 1.5m 정도의 공간이 비어 있고 그곳에 공기가 차 있었지만 생존자는 보이지 않았다.

선우가 침실 위쪽 공간으로 떠올라서 호흡을 해봤지만 산소는 없고 이산화탄소만 가득했다.

생존자들이 이미 이곳의 산소를 다 마셨다는 뜻이다.

선우는 두리번거리다가 요트의 후미 쪽이 조금 위로 들려 있는 것을 발견하고 그쪽으로 헤엄쳤다.

후미가 위로 들려 있다면 그곳에 공기가 상대적으로 많다는 의미였다.

그런데 그가 가고 있는 방향에서 빛이 새나오고 있었다.

조금 전에 선우가 뜯어내고 진입한 입구의 계단 뒤쪽으로 좁은 통로가 있는데 그곳을 지나니까 화장실과 작은 침실이 나타났으며 빛은 그곳에서 흘러나왔다.

그 침실의 문도 열려 있고 바닥의 작은 등이 켜져서 빛을 밝히고 있다.

바닥의 등은 원래는 천장의 등이지만 요트가 뒤집히는 바람에 바닥 등이 되었다.

침실로 들어서던 선우는 물속에 두 쌍의 다리가 세로로 마치 가느다란 기둥처럼 서 있는 것을 발견했다.

위쪽을 보니까 수면과 공간이 보였고, 그곳에 두 사람이 얼굴을 수면 위로 내놓은 상태로 서 있었다.

선우는 두 쌍의 다리 사이로 미끄러지듯이 솟구쳤다.

파아…….

부부로 보이는 서양인 남자와 한국인 여자가 어딘가에 얼굴을 얹은 채 눈을 감고 있었다.

종태가 보내준 자료에서 본 샤론 켈리의 아버지 하먼 켈리와 엄마 이선정 씨였다.

수면에서 천장까지는 1.2m쯤의 공간이 있으며 거기에 뒤집어진 침대가 떠 있고 부부는 침대에 매달리듯이 얼굴을 얹고 있었다.

그리고 침대에는 두 여자가 축 늘어진 모습으로 잠들어 있는데 미라클 켈리라고 알려진 샤론 켈리와 언니 에일린 켈리가 서로 꼭 안고 있었다.

한 가족인 네 사람은 선우가 수면으로 솟구친 것도 모르고 눈을 꼭 감고 있었다.

선우가 확인해 보니까 이 공간에는 산소가 매우 희박했다. 그렇기 때문에 이 가족은 산소 부족으로 기절했거나 정신이 혼미해진 상태, 어쩌면 이미 죽었을 수도 있었다.

선우는 서둘러서 허리 벨트에 매달고 온 휴대용 산소 호흡기를 풀어서 우선 침대에 누워 있는 자매의 입과 코를 덮어주고 산소를 열었다.

치이이…….

그러나 샤론과 에일린은 깨어나지 않았다.

선우가 코에 손을 대보고 목의 맥박을 짚어보니까 거의 뛰지 않고 있었다.

이미 죽었거나 죽음의 문턱을 넘은 상태가 분명했다.

선우는 더 이상 산소를 허비하지 않고 이번에는 하먼 켈리와 이선정에게 동시에 산소마스크를 씌워주었다.

치이이이······.

다행히도 하면 켈리과 이선정은 잠시 후에 눈을 반쯤 뜨고 간신히 정신을 차렸다.

"아아······."

"구하러 왔습니다."

선우의 말에 부부는 비몽사몽 반신반의하는 표정을 지으면서 눈을 깜빡거렸다.

"아아··· 샤론, 에일린······."

두 사람은 거의 죽어가고 있다가 소생했기에 지금이 어떤 상황인지 아직 인지하지 못하면서도 딸들을 걱정했다.

선우는 샤론과 에일린에게는 더 이상 산소 호흡이 무의미하다고 판단했다.

이럴 땐 빠른 판단이 중요하다.

즉시 바지에서 휴대용 작은 칼을 꺼내서 양손 중지 손가락 끝을 차례로 살짝 그었다.

선우는 피가 흐르는 양손 중지 손가락을 각각 샤론과 언니 에일린 입에 집어넣었다.

선우는 피를 빨아먹을 힘이 없는 그녀들의 입을 벌리고 남들보다 훨씬 긴 중지 손가락을 최대한 목구멍까지 닿도록 깊숙이 찔러 넣었다.

먼저 정신을 차린 이선정이 딸들이 죽어가고 있다는 사실을 깨닫고 비명을 질렀다.

"아앗! 샤론! 에일린! 으흐흑……!"

하먼도 뒤늦게 상황을 깨닫고 다급한 표정을 지었다.

"지금 뭐 하는 겁니까?"

"내 피를 먹이고 있습니다."

하먼과 이선정은 소생법에 피를 먹인다는 소리를 들어본 적
이 없었다.

"피를 먹이다니 그게 무슨……."

하먼이 뭐라고 반박하려는데 샤론이 갑자기 번쩍 눈을 뜨
며 입을 크게 벌렸다.

"하아악!"

하먼과 이선정은 크게 기뻐하며 더 이상 선우를 방해하지
않고 부부가 서로 꼭 안은 채 상황을 지켜보았다.

"학학학……."

샤론은 선우의 중지 손가락을 입에 문 채 가쁜 숨을 몰아
쉬며 크게 뜬 눈으로 그를 바라보았다.

"이제 괜찮아. 조금 더 먹도록 해라."

샤론은 눈을 깜빡이다가 입을 다물고는 선우의 손가락을
힘차게 빨았다.

그러는 샤론의 커다랗게 뜬 눈에서 샘물이 솟구치듯 눈물
이 흘러내렸다.

그리고 그때 에일린도 눈을 번쩍 떴다.

"하아악!"

선우는 에일린에게도 똑같은 말을 해주었고 그녀는 눈을 깜빡이고 나서 역시 힘차게 그의 손가락을 빨았다.

선우가 휴대용 산소 호흡기를 열어서 공간에 산소의 농도를 높인 덕분에 숨쉬기가 편해졌다.

절망에 빠져 있던 샤론네 가족은 이제는 살았다는 기쁨에 모두 울음을 터뜨렸다.

"그런데 누구십니까……?"

하면 켈리가 아내를 얼싸안고 울다가 눈물을 닦지도 않고 선우에게 물었다.

"골드핑거라고 합니다."

하면 부부는 눈을 크게 뜨면서 놀라워했다.

"아아… 당신이 바로 그 유명한 골드핑거로군요……!"

"연예계에 떠도는 당신에 대한 소문을 들었어요……!"

선우는 '연예계'라는 말에 씁쓸한 표정을 지었다.

사실 그는 연예계의 일을 많이 했다. 소희와 미아 말고도 30건은 더 될 것이다.

연예계에 골드핑거가 일을 완벽하게 한다는 소문이 퍼져서 무슨 일만 생기면 연예인들이나 소속사 대표들이 앞다투어 골드핑거를 찾았었다.

그리고 선우는 그들의 의뢰들을 100% 클리어했으며 의뢰인들은 200% 이상 만족했었다.

침대에 힘없이 누워 있는 샤론과 에일린도 골드핑거를 알고 있다면서 매우 기뻐했다.

흥분의 시간이 짧게 끝나고 하먼이 조금 긴장된 표정으로 물었다.

"지금 우린 어떤 상황입니까?"

극도의 산소 결핍에서 간신히 회복한 하먼은 말하는 데도 힘들어했다.

선우는 현재의 상황과 이곳의 위치를 간략하게 설명했다.

"이제 어떤 방법으로 여기에서 탈출합니까?"

"잠시 후에 잠수부들이 이곳으로 진입할 겁니다."

"그때까지 견딜 수 있겠습니까?"

휴대용 산소호흡기 두 개를 다 틀었지만 선우까지 5명이 호흡을 하자 금세 절반으로 줄어들었다.

선우는 하먼 가족을 둘러보았다.

"내가 한 사람을 데리고 나갈 수 있습니다."

두 명을 데려갈 수도 있을 것 같지만 괜히 욕심 부리다가 잘못되는 날에는 큰 낭패를 당할지도 모른다.

"샤론을 먼저 데려가십시오."

하먼이 유창한 한국어로 막내인 샤론을 가리켰다.

일단 두 사람이 빠져나가면 그만큼 산소가 줄어드는 시간이 늦어질 것이고 남아 있는 세 사람은 좀 더 오래 버틸 수 있게 된다.

"샤론, 내 등에 꼭 붙어서 업히고 목을 힘껏 안고 숨을 크게 들이마셔라."

선우가 등을 내밀자 샤론은 시키는 대로 그의 등에 업혀서 숨을 크게 들이켰다.

"하아아……!"

부모와 언니 에일린이 샤론의 어깨와 머리를 쓰다듬으면서 행운을 빌었다.

"샤론, 잠시 후에 보자."

선우는 지체 없이 물속으로 잠수하여 침실을 빠져나갔다.

빠르게 유영해서 선실 입구를 빠져나가 요트 밖으로 나가는데 샤론이 두 팔로 그의 목을 꼭 졸랐다. 숨이 차기 시작한 것이다.

선우는 빙글 몸을 돌려서 샤론을 앞으로 안으며 입을 맞추고 공기를 불어넣어 주었다.

숨이 찼던 샤론은 그의 목에 매달려서 어린아이처럼 입을 꼭 붙이고 공기를 빨아들였다.

그녀의 조그만 입을 선우의 커다란 입이 덮고 있어서 마치 잡아먹히고 있는 것처럼 보였다.

샤론은 원래 큰 눈을 더욱 커다랗게 뜨고 코발트색의 눈동자로 선우를 보면서 눈웃음을 지었다.

선우는 그녀를 앞으로 안은 자세로 곧장 수직 상승 했다.

촤악!

선우가 수면으로 솟구친 후에도 샤론은 그의 입술을 힘차게 빨고 있었다.

선우는 샤론을 떼어내고 약간 떨어진 곳에 있는 보트에 팔을 흔들어 신호를 보냈다.

"샤론, 이제 됐다."

"하아아… 하아……."

샤론은 그의 목에 매달려서 할딱거리면서 종알거렸다.

"학학학… 골드핑거 오빠, 저 첫 키스였어요… 헤헤!"

첫 키스라는 말에 선우는 문득 소희와의 일이 떠올라서 불길한 예감이 들었다.

샤론은 비록 17살로 어리다고 하지만 세상일이라는 것은 모르는 것이다. 언감생심 딴생각 못 하도록 대못을 박을 필요가 있다.

"그냥 인공호흡이었을 뿐이다."

"어쨌든요. 첫 키스는 첫 키스인 거예요."

샤론은 지지 않았다.

선우와 마주 보는 자세로 그의 허리를 두 다리로 감고 있는 샤론은 눈을 빛냈다.

"아까 저한테 먹인 게 오빠 피였어요?"

"그래."

"칼로 손을 베었나요?"

"응."

"그렇게까지……."

감격한 샤론은 그에게 꼭 매달려서 울먹였다.

어린 샤론이지만 소희나 미아 못잖게 잘 발달된 풍만한 가슴이 선우의 가슴을 압박했다.

선우는 샤론의 가슴을 느끼면서 이제는 연예계 의뢰를 될 수 있는 한 받지 말아야겠다고 생각했다.

선우는 다가온 보트 뒤쪽 수면과 맞닿은 다이빙 보드에 샤론을 올려주었다.

보트의 잠수부들은 그때쯤 장비를 다 착용하고 물로 뛰어들려는 중이다.

보드에 앉은 샤론은 선우를 붙잡고 애원했다.

"언니와 엄마, 아빠를 구해주세요!"

"알았다."

선우는 그 말을 남기고 다시 물속으로 잠수했다.

작은 침실에 선우가 혼자 돌아오자 하면 가족은 그가 샤론을 안전한 곳에 데려다준 것으로 짐작하고 크게 환호했다.

"잠수부들이 오고 있습니다."

선우는 말하면서 에일린에게 등을 내밀었다.

"에일린, 나하고 가자."

19살 에일린은 망설이지 않고 선우 등에 업혔다.

선우가 에일린을 업고 요트에서 빠져나올 때 잠수부들이 여분의 산소통을 갖고 수직으로 하강하고 있는 게 보였다.

선우는 스쳐 지나는 잠수부들에게 요트 후미에 하면 부부가 있다는 사실을 손짓으로 알려주었다.

그리고 나서 숨이 차서 버둥거리는 에일린에게도 샤론처럼 똑같이 입을 맞춰 숨을 불어넣어 주었다.

그리고 그때부터는 샤론하고 행했던 똑같은 일이 일어났다.

에일린은 그에게 안겨서 하염없이 눈물을 흘렸다.

수면에 올라왔을 때 그에게 꼭 매달린 에일린이 울면서 말했다.

"제 첫 키스였어요……."

망할 놈의 첫 키스.

선우는 진저리를 쳤다.

쿠투투투투툿!

선우와 혜주, 하먼 가족을 태운 헬기가 부산 시내 대형 병원을 향해 힘차게 이륙했다.

의자에 앉아서 모포를 둘러쓰고 있는 하먼 가족은 죽음에서 살아났다는 기쁨에 서로 얼싸안고 눈물을 흘렸다.

하먼 가족 맞은편에 선우와 혜주가 앉았는데 샤론이 갑자기 울면서 몸을 던지듯이 선우에게 안겼다.

"골드핑거 오빠, 고마워요……!"

선우가 등을 쓰다듬자 샤론은 울면서 중얼거렸다.

"이 은혜는 죽을 때까지 잊지 않을 거예요……!"

에일린은 눈물을 흘리면서 고개를 끄떡이며 선우의 손을 쓰다듬었다.

그렇지만 선우는 자신이 점점 더 '연예계의 전설'이 되어가고 있는 현실이 기쁘지만은 않았다.

그리고 앞으로도 계속 연예계의 일에 관계될 것만 같은 예감을 느꼈다.

선우는 하먼 가족을 부산 시내의 대형 병원에 내려주고 곧장 김해공항으로 향했다.

공항에는 보잉757이 대기 중인데 선우와 혜주가 탑승하자 즉시 이륙했다.

　　　　*　　　　　*　　　　　*

　혜주는 욕실에 들어간 선우가 한 시간이 지나도록 나오지 않자 은근히 걱정이 됐다.

　똑똑…….

　노크를 했지만 아무런 반응이 없어서 그녀는 조심스럽게 문을 열고 안으로 들어갔다.

　개인 전용기 내에 마련되어 있는 최고급 욕실은 6성급 호텔을 능가하는 수준이다.

　혜주는 선우가 욕조 안에 길게 누운 채 세상모르게 잠이 든 모습을 발견하고 절로 웃음이 났다.

　그녀는 선우를 깨우려고 다가가다가 그가 알몸이라는 사실을 깨닫고 멈칫했다.

　물속에서 일렁거리고 있는 그의 알몸이 보였다.

　하지만 선우를 이대로 내버려 둘 수는 없다.

　욕조 안에서 자다가 죽는 사람이 셀 수도 없이 많은데 재수 없으면 선우라고 예외일 수는 없다는 생각에 그를 깨우기로 했다.

　그녀는 황금빛으로 으리으리한 욕조 옆으로 다가가서 한쪽 무릎을 꿇고 선우의 어깨를 가볍게 흔들었다.

　"삼촌, 침대에 가서 자."

"어… 그래."

좌아아…….

선우는 피곤한 몸을 일으켜서 욕조 밖으로 나왔다.

그 바람에 혜주는 욕조에서 나오는 선우의 알몸을 정면에서 보고 말았다.

그녀의 시선이 자신도 모르게 선우의 그곳으로 향하며 눈이 동그랗게 커졌다.

이건 그녀를 탓할 수가 없었다. 남자든 여자든 이런 상황에서 눈이 자연스럽게 그쪽으로 가는 게 본능이다.

믿기 어려운 일이지만, 혜주는 14살 때 엄마와 함께 연길 흑사파 놈들에게 강간을 당한 이후 단 한 번도 남자와 섹스를 해본 적이 없었다.

남자에 대한 증오심이 극에 달했기 때문에 남자와 섹스는커녕 가까이 다가가는 것조차도 소름이 끼쳤다.

물론 단 한 사람, 검은 천사 최정필은 아니다. 그에게는 소름이 끼치기는커녕 편안함이 느껴졌다.

그리고 거기에 한 사람 더, 선우가 포함되기 시작했다. 선우는 최정필에 버금가는 사람이다.

그녀는 선우의 사타구니에 늘어져 있는 큼직한 흉기를 보고는 눈을 커다랗게 떴다.

"삼촌!"

"어……."

잠이 덜 깬 선우에게 혜주가 큰 타월을 집어 던졌다.

휙!

"조카 앞에서 고추나 덜렁거리고 부끄럽지도 않아?"

"어… 뭐야 너? 여긴 왜 들어왔어?"

이번에는 선우가 더 당황해서 타월로 중요 부위를 가리면서 뒤돌아서며 소리 질렀다.

혜주는 튼튼한 말을 연상시키는 선우의 탄탄한 근육질 엉덩이와 허벅지를 보고는 코가 떨어지게 코웃음을 치며 밖으로 나갔다.

"흥! 그냥 욕조에서 죽게 내버려 둘 걸 그랬어!"

제14장
카렌 반군

선우는 5월 17일 오전 10시쯤에 미얀마 켕퉁시에 도착했다.

헬기장이 미얀마군에 의해서 철저한 보안이 이루어진 가운데 선우와 혜주, 그리고 스포그의 협상 전문가와 동남아 담당 직원이 헬기에서 내렸다.

SUV를 타고 팡롱공장으로 이동하면서 스포그 직원이 상황 설명을 했다.

"카렌 반군이 이틀 기한을 줬는데 현재 4시간 남았습니다. 기한 내로 1억 달러를 내놓지 않으면 본보기로 인질 100명을 죽인 후에 랜섬(Ransom:몸값)을 2억 달러로 올리겠다고 합니다."

기한이 촉박하기 때문에 선우는 다른 준비를 할 새도 없이 이곳으로 곧장 날아왔다.

까딱했으면 기한에 맞추지 못할 뻔했다. 그렇지만 샤론 가족을 구한 것은 정말 잘한 일이다.

스포그 직원은 말레이시아인이면서도 한국어로 유창하게 잘 설명했다.

스포그에서 한국어는 기본이다. 그리고 인정을 받고 승진하려면 한국어를 잘해야 한다.

"별다른 변화는 없는 것 같습니다. 팡롱공장 외부에는 반군이든 종업원이든 일체 보이지 않습니다. 반군과 종업원들 모두 제1공장 내부에 모여 있습니다."

선우 일행이 탄 SUV와 스포그의 차량, 그리고 미얀마군 호위 차량이 길게 줄지어서 시내를 달리고 있었다.

미얀마 변방이라고 해서 시골을 연상했는데 켕퉁 시내는 예상 외로 제법 번화했다. 우리나라의 시골 읍내를 보는 것 같았다.

선우는 직원이 태블릿을 보면서 설명하는 걸 보고는 손을 내밀었다.

"그걸 주십시오. 내가 직접 보겠습니다."

"아… 네."

선우는 빠르게 화면을 오르내리고 바꾸면서 상황을 입력하고 이해해 나갔다.

그런 그의 모습은 옆에서 보기에는 무언가를 찾기 위해서 탐색하고 있는 것 같았다.

불과 5분 만에 모든 자료를 머리에 입력 완료한 선우는 태블릿을 직원에게 주면서 물었다.

"팡룽공장을 장악한 솜타이라는 자가 카렌 반군의 부사령관이로군요. 사령관은 누굽니까?"

"사령관은 지난달에 이곳에서 멀지 않은 몽양이라는 곳에 몰래 나왔다가 밀고에 의해서 체포되어 현재 양곤교도소에서 사형 집행을 기다리면서 복역 중입니다."

카렌 반군 사령관이 체포된 후 솜타이가 임시 사령관이 되었다고 한다.

선우는 고개를 끄떡이면서 잠시 생각에 잠겼다가 다시 물었다.

"솜타이라는 자가 쿤사하고는 어떤 관계입니까?"

쿤사는 미얀마의 마약왕으로서 전 세계 헤로인의 80%를 공급했으며 미얀마, 태국, 라오스가 겹치는 메콩강 유역 골든 트라이앵글의 지배자였다.

1996년 호몽시 자신의 본부에서 정부군에 투항하여 양곤에서 호의호식하면서 살다가 2007년에 사망했었다.

"솜타이는 쿤사의 거대 반군인 몽타이군(MTA) 휘하의 중간급 지휘자 중에 한 명이었으며 지금은 이곳 샨 지역의 3 대 반군 중에 하나인 카렌 반군의 임시 사령관이 됐습니다."

카렌 반군의 점령지는 켕퉁시에서 동쪽으로 300㎞ 이상 떨어진 반마우라는 광활하며 험준한 산악 밀림 지역이다. 그 끝이 바로 라오스와 태국의 접경 지역인 골든트라이앵글이다.

'그의 목적이 정말 돈일까?'

선우는 문득 그런 의문이 생겼다.

자료에 의하면 미얀마 3 대 반군이 가장 두려워하는 것은 미얀마 정부군의 반군 토벌 작전이라고 했다.

그런데 미얀마 정부군은 벌써 몇 년째 반군 토벌을 하지 않고 있다.

미얀마 국내의 정권이 군부에서 민정, 즉 미얀마 민주화의 영웅이며 지도자인 아웅산 수지 여사에게로 옮겨가는 과도기를 겪고 있는 터라서 정세가 어수선하여 반군을 토벌할 정신이 없기 때문이다.

정부군의 토벌이 없으면 3 대 반군들은 점령지 내에서 서로 싸우지도 않고 소수 부족들을 거느리면서 자신들만의 왕국을 건설하며 편안하게 살아간다고 했다.

'그런데 어째서 자신들의 영역인 반마우에서 300㎞나 멀리 떨어진 켕퉁까지 왔을까?'

카렌 반군 사령관 솜타이가 직접 반군 400명이라는 대부대

를 이끌고 300㎞나 멀리 떨어진 켕퉁까지 오려면 아무리 강행
군을 해도 5일 이상 걸린다.

반마우 같은 산악 열대 밀림 지역에서 살면서 1억 달러라
는 거액이 필요하다는 것이 진실일까?

곰곰이 생각한 선우는 카렌 반군 사령관 솜타이의 진짜 목
적은 1억 달러가 아닐지도 모른다는 데 생각이 미쳤다.

돈 말고 다른 몇 가지가 있는데 선우는 그것들을 하나씩
정리했다.

"체포된 카렌 반군 사령관 이름이 뭡니까?"

"칵타우입니다."

"그를 석방할 수 있는지 조심스럽게 타진해 보세요."

"칵타우를 말입니까?"

"단지 타진하는 것뿐입니다."

"아… 네."

직원은 깜짝 놀랐다가 곧 품속에서 휴대폰을 꺼내면서 고
개를 숙였다.

"알겠습니다."

"그리고……."

직원은 전화를 걸려다가 멈추었다.

"말씀하십시오."

"솜타이에 대해서 좀 더 자세히 알아봐 주세요."

"알겠습니다."

"가족 관계나 인맥에 얽힌 것이라면 더 좋습니다."

"그러겠습니다."

직원은 휴대폰을 걸 겨를이 없었다.

"카렌 반군에 대해서 좀 더 자세히 알아보세요."

"어떤······."

"반마우 지역의 카렌 반군 점령지 내에서 무슨 변화나 사건이 있었는지 알 수 있으면 좋겠습니다."

"그거라면 소식통이 있습니다."

혜주는 선우의 일사천리 매끄러운 일처리에 '과연!'이라는 표정을 지으며 미소를 지었다.

그리고 직원은 스포그 최고 지휘부에서 내려온 젊은 상사에게 감탄을 금치 못했다.

켕퉁 시내를 동서로 가로지르는 내셔널 하이웨이 4번 도로를 면해서 바로 북쪽에 둘레 5㎞ 남짓한 아름다운 풍광의 농퉁호수가 있으며 호수 서쪽 울창한 숲 속에 팡롱공장이 자리를 잡고 있었다.

숲속에는 4천 명 정도의 미얀마군이 겹겹이 포위망을 형성하고 있으며, 숲 밖에는 장갑차와 탱크를 비롯한 기갑부대와 지휘부대가 자리를 잡았고, 하늘에는 헬기가 저공비행을 하고 있었다.

SUV에서 내리는 선우를 미얀마군 중장이 직접 환대했다.

"어서 오십시오."

"반갑습니다."

중장이 손을 내밀면서 영어로 인사하자 선우도 마주 영어로 화답하며 손을 잡고 악수했다.

스포그 직원의 설명에 의하면 보통 이 정도 사건이면 별 하나 준장이 온다는데 별 세 개 중장이 온 이유는 순전히 스포그라는 어마어마한 조직 때문이다.

미얀마에는 스포그 산하 회사와 지부, 공장이 20여 개에 달하는데 그것들에서 창출하는 매출이 미얀마 전체 국내 총생산(GDP)의 17%를 차지할 정도다.

또한 스포그에서 미얀마에 무상 원조 하는 돈과 물자가 액수로 따져서 매년 15억 달러에 달하니만큼 스포그가 미얀마라는 나라를 지탱하고 있는 기둥 중에 하나인 셈이다.

"잠시 후에 국방장관께서 도착하실 겁니다."

진압군 중장이 잠시 후에 미얀마 국방장관이 올 거라고 알려주었다.

중장으로도 모자라서 국방장관이 직접 오고 있단다. 좀 더 있으면 대통령이 올지도 모르겠다.

스포그 직원은 차에서 내리지 않고 차 안에서 여기저기 분

주하게 휴대폰을 걸고 있다. 선우가 지시한 것들을 알아보고 있는 중이었다.

스프그에서 파견된 협상 전문가는 뒷전으로 물러났다. 선우가 왔기 때문에 그는 할 일이 없어진 것이다.

그때 선우의 주머니에서 휴대폰이 진동으로 울렸다.

그의 휴대폰은 따로 로밍 신청을 하지 않아도 전 세계 어디에서나 빵빵 터졌다.

휴대폰에 주한 미국 대사 로건의 개인 휴대폰 번호가 떴다.

선우는 사람들에게서 떨어져 전화를 받았다.

"로건 씨, 무슨 일입니까?"

―선우 씨, 미얀마에 간 겁니까?

"네?"

선우는 깜짝 놀랐다. 그가 미얀마에 온 걸 로건이 어떻게 알고 있는 것인가?

"어떻게 아셨습니까?"

―선우 씨가 맞군요. 지금 켕통에 있는 거지요?

"그렇습니다."

다 알고 물어보는데 거짓말할 수가 없고 거짓말하는 건 선우 성격에 맞지 않았다.

선우는 김해공항에서 전용기를 타고 이곳에 왔는데 로건이 그걸 어떻게 알고 있는지 귀신이 곡할 노릇이다.

따롱~

로건이 사진 한 장을 보냈다.

선명도가 좀 떨어지긴 하지만 조금 전에 선우가 미얀마군 중장과 악수를 하고 있는 장면이다.

로건은 빙빙 돌리지 않고 직설적으로 얘기했다.

─지금 선우 씨를 촬영하고 있습니다.

선우는 움찔 놀라 반사적으로 재빨리 주위를 빗자루로 쓸 듯이 살펴보았다.

뭔가 햇빛에 반사되어 흐릿하게 반짝이는 것이 저 멀리에 보였는데 카메라 렌즈인 것 같았다.

이곳에서 150m 이상 떨어진 어느 건물 옥상이며 이 근처에서는 제일 높은 건물이다.

선우는 촬영하는 사람을 제압하려는데 로건이 말렸다.

─그 사람 그냥 두세요. CIA 요원입니다.

"CIA?"

─미국뿐만 아니라 전 세계가 스포그 산하 미얀마 켕퉁시의 팡롱공장에 대해서 관심이 많습니다.

"그렇습니까?"

선우는 자신에게 몇 가지 지시를 받은 스포그 직원이 그것들을 알아올 때까지 시간이 좀 있어서 로건과의 통화가 가능하다.

―세계 최대의 다국적 기업인 스포그가 자선의 의미로 미얀마에 세운 것이 팡롱공장 아닙니까?

"그렇다고 들었습니다."

로건은 이 일에 대해서 어디까지 알고 있는 것인가?

이럴 때 선우는 침묵하고 되도록 그의 말을 많이 듣는 편이 좋다. 그러다 보면 답이 나왔다.

―아웅산 수지 여사가 정권을 잡았다고는 하지만 미얀마 국내 사정은 아직 어지럽습니다. 그래서 여러 가지 좋은 조건인데도 세계 유수의 기업들이 미얀마에 투자하는 것을 망설이고 있는 실정입니다.

"그런가요?"

그런 건 이미 다 알고서 미얀마에 팡롱 봉제 공장을 건설하라고 최종 결정을 내렸던 선우였다. 그때 그는 군대에 복무하고 있었다.

그는 군대에 가지 않을 수도 있었고 집사 오진훈도 만류했지만 군대에 갔었다.

―만약 카렌 반군이 팡롱공장을 점거한 일이 불행한 결말로 이어진다면 세계 기업들은 미얀마에 투자하지 않거나 이미 투자를 한 기업들도 도미노처럼 철수하게 될 겁니다. 그런 점에서 팡롱공장은 초미의 관심을 받고 있습니다.

로건은 본론으로 들어갔다.

―그곳 CIA 요원이 선우 씨를 촬영한 영상을 미국 랭리(CIA 본부)로 보내는 과정에 내가 입수하여 선우 씨에게 확인하려고 전화한 겁니다.

"그러셨군요."

―본국 CIA에서는 팡롱공장 협상가로 나선 선우 씨가 누군지 몹시 궁금해하고 있습니다.

선우는 자신의 사진이 CIA까지 갔다니까 괜히 쓴웃음이 났다.

―선우 씨 사진을 보고 깜짝 놀랐습니다. 내 질문에 솔직하게 대답해 주기 바랍니다.

"그러겠습니다."

선우는 로건이 자신의 진짜 신분에 대해서는 모르고 있을 것이라고 생각하지만 세상일이라는 건 모른다. 어디든 변수라는 것이 있게 마련이다.

―선우 씨, 미얀마에 왜 갔습니까?

로건은 선우가 팡롱공장 사건을 맡았느냐고 묻지 않고 돌려서 물어보았다.

이렇게 물어봐야지만 전혀 예상하지 않았던 다른 대답이 나올 수도 있기 때문이다.

물론 로건은 선우가 미얀마에 왜 왔는지 짐작하고 있으며, 그것을 확인하려고 하지만 이런 식으로 묻는 것을 보면 그가 얼마나 고도의 심리를 구사하는 외교관인지 짐작할 수가 있다.

"팡롱공장 사건을 의뢰받았습니다."

로건의 내심을 꿰뚫어 보는 선우는 덤덤하게 말했다.

―굉장하군요, 선우 씨. 이 정도일 줄은 몰랐습니다.

"저도 갑자기 의뢰를 받아서 얼떨떨합니다."

선우는 저쪽에서 혜주와 스포그 직원이 이쪽으로 걸어오는 것을 보았다.

"로건 씨, 끊어야겠습니다."

―선우 씨, 내가 도울 일이 있습니까?

로건이 돕는다는 것은 그가 움직일 수 있는 만큼의 미국의 능력을 말하는 것이다.

"저 CIA 요원 전화번호나 가르쳐 주십시오."

―어쩌려는 겁니까?

"겁나십니까?"

―하하하! 설마 선우 씨가 CIA 요원을 해치기야 하겠습니까?

로건은 웃으면서 그렇게 말하면서도 잠시 기다리라고 하고는 지금 선우를 촬영하고 있는 CIA 요원의 휴대폰 번호를 가르쳐 주었다.

―선우 씨, 행운을 빕니다. 귀국하면 지난번 그 한식집에서 한잔합시다.

"알겠습니다."

CIA 동남아 지국 미얀마 담당인 마론 카프리의 휴대폰이 진동으로 울렸다.

휴대폰을 꺼내 보니까 미얀마 최대 도시 양곤에 있는 그의 사무실 번호가 떴다.

"뭐야?"

이 시간에 그에게 전화를 걸 사람은 미얀마 현지처와 비서 노릇을 겸하고 있는 사무실의 미얀마 여자일 것이다.

─미스터 카프리.

그런데 전혀 뜻하지 않은 굵은 매혹적인 목소리가 영어로 그의 이름을 불렀다.

"당신, 누구지?"

─지금 당신이 카메라로 보고 있는 사람이오.

"어……."

마론 카프리는 카메라를 조금 더 확대했다.

키가 크고 건장하며 잘생긴 동양 청년이 그를 보면서 부드 러운 미소를 짓고 있는 모습이 줌 업 됐다.

─나를 촬영하지 마시오.

마론의 반골이 뒤틀렸다.

"싫다면?"

─왼쪽 귀.

"뭐라고?"

카메라 속의 동양 청년이 마론 카프리를 가리키면서 손가락을 슬쩍 튕겼다.

팍!

"으왁!"

순간 마론 카프리는 왼쪽 귀가 떨어져 나갈 듯이 아파서 카메라를 떨어뜨리고 말았다.

탁!

카메라는 바닥에 떨어져서 박살 났다.

손으로 만져보니까 왼쪽 귀에서 뜨뜻한 피가 흐르고 있다. 눈으로 보진 않았지만 찢어진 것 같다.

150m 거리에서 스나이퍼가 사격을 했다고 해도 이렇게 정확하지는 못할 것이다.

휴대폰에서 매혹적인 목소리가 흘러나왔다.

―이번에는 왼쪽 눈을 맞히고 싶은데… 그래도 계속 촬영하겠소?

마론 카프리는 급히 손으로 왼쪽 눈을 가리며 주저앉았다.

"FUCK!"

카렌 반군이 지정한 기한까지 두 시간이 남았다.

선우는 노트북에서 혜주가 찾아준 미얀마어에 대한 자료를 보면서 미얀마어를 배우고 있다. 한 시간만 미얀마어를 배울 생각이다.

한 시간 배워서 어디다 써먹느냐는 사람이 있다면 선우가 누군지 모르는 사람이다.

카렌 반군이 지정한 이틀을 한 시간 남겨두고 팡롱공장의 정문 앞에 선우가 나타났다.

저만치에 서 있는 혜주가 소리쳤다.

"삼촌, 조심해!"

선우는 혜주를 쳐다보면서 미소를 지으며 손을 들었다.

미얀마 장교 한 명이 핸드 마이크로 사람이 들어갈 테니까 사격하지 말라고 외쳤다.

드긍…….

커다란 쇠창살 철문이 열리고 선우와 카렌족 언어를 잘 아는 미얀마인 통역이 나란히 공장 안으로 들어갔다.

정문에서 정면에 보이는 제1공장까지는 50m의 꽤 먼 거리인데 선우는 미얀마인 통역과 규칙적인 걸음으로 걸어갔다.

마당은 흙과 풀밭이 섞여 있으며 한쪽에 통근 버스 수십 대가 질서 있게 늘어서 있는 광경이 보였다.

선우가 통역을 보면서 물었다.

"이름이 뭡니까?"

통역은 깜짝 놀랐다. 선우의 미얀마어가 매우 능숙했기 때문이다.

그는 선우가 한 시간 동안 미얀마어를 배웠을 것이라고는 상상도 하지 못할 것이다.

"머르싱입니다."

"평소에는 무슨 일을 합니까?"

선우는 익숙하지 않은 미얀마어로 천천히 물었다.

"켕퉁 시내에서 아이들을 가르치고 있습니다. 저는 중학교 선생입니다."

조금 긴 말이라서 통역이 그 말을 두 번 반복하고서야 선우는 알아들었다. 미얀마어는 아직 듣기가 익숙하지 않지만 빠르게 발전하고 있었다.

통역 머르싱은 전방의 공장을 주시하면서 염려하는 얼굴로 말했다.

"저 안에 저의 딸이 두 명 있습니다."

선우는 뜻밖이라는 표정을 지었다.

"당신 딸이 팡롱공장에 다닙니까?"

"그렇습니다. 딸들 덕분에 우리 가족은 풍족하게 살았습니다. 할아버지와 할머니, 외가 쪽 장인 장모 처형과 처남들도 모두 그 아이들을 걱정하고 있습니다."

통역 머르싱은 부모는 물론이고 장인 장모와 처가 식구들까지 다 함께 사는 대가족이다.

"딸들이 받아 온 월급으로 집을 새로 크게 지었으며 우리 가족 모두가 배부르게 먹고살고 있으며 돈도 조금 모았습니다."

선우는 문득 궁금해서 물었다.

"딸의 월급은 얼마입니까?"

"300달러입니다."

미얀마에 진출한 외국 기업은 종업원의 월급을 100~150달러로 책정하고 있다.

미얀마 양곤시의 근로자 월급이 우리 돈으로 10만 원 선이니까 시골에서 100~150달러면 많이 받는 편이다.

그런데 팡롱공장에서는 그보다 2~3배를 더 주니까 모두들 이곳에 들어오려고 기를 썼다.

팡롱공장으로서는 종업원에게 300달러씩 준다고 해도 이익이 남았다.

그렇지만 더 주는 것은 곤란했다. 다른 외국계 공장들에선 100~150달러를 주는데 300달러에서 더 주면 형평성의 문제가 발생하기 때문이다.

다른 외국계 기업들도 따라서 월급을 인상해야 하는데 그러려면 차라리 일 잘하고 물류나 지역 환경, 인프라가 잘되어 있는 태국으로 가지 미얀마에 있지 않을 것이다.

"딸들 이름이 무엇입니까?"

"뭉갓하고 차요입니다."

선우는 위험하기 때문에 혼자 들어가고 싶지만 카렌 반군들이 미얀마어와 소수 민족 언어인 카렌어를 섞어서 사용하기 때문에 통역이 꼭 필요했다.

머르싱은 예전에는 카렌족이었으나 도시로 나와서 교육을 받고 학교 선생이 됐다고 했다.

선우와 머르싱이 잔디밭을 절반쯤 갔을 때 공장의 문이 열리더니 구 소련제 AK 자동소총을 허리에 세운 카렌 반군 한 명이 나왔다.

반군이 뭐라고 외쳤는데 미얀마어라서 선우도 알아들었다.

선우가 누구냐고 묻는 것이다.

통역 머르싱이 선우를 쳐다보았다.

선우는 반군에게서 시선을 떼지 않았다.

"팡롱공장 사장이라고 말하세요."

머르싱은 크게 놀란 얼굴로 선우를 쳐다보았다. 설마 그가 팡롱공장 사장일 줄은 몰랐기 때문이다.

머르싱에게는 팡롱공장 사장이 전 세계에서 가장 위대한 사람으로 보였다.

그는 스포그가 무엇인지 애플이나 구글 같은 거대 기업이 무엇인지 알지 못하고, 알 필요도 없다.

그를 비롯한 켕퉁시의 사람들에겐 팡롱공장 사장이 세계

최고의 부자이기 때문이다.

선우는 머르싱이 반군에게 그를 팡롱공장 사장이라고 소개하는 소리를 들었다.

반군은 놀라는 것 같더니 공장 안으로 들어갔다가 잠시 후에 나와서 들어오라고 손짓을 했다.

깨끗한 양복 차림의 선우는 담담한 표정이지만 머르싱은 극도로 긴장했다. 그는 공장에 두 딸이 갇혀 있기 때문에 죽을 각오로 자원했으니 지극한 아버지의 사랑이라고 할 수 있다.

선우는 조금도 긴장하지 않았으며 그렇다고 흥분이나 쾌감을 느끼지도 않았다.

선우와 머르싱이 공장 안으로 들어가자 기다렸다는 듯이 두 명의 반군이 양쪽에서 찌를 것처럼 소총을 겨누었다.

처척!

"허억!"

머르싱은 잔뜩 겁을 먹고 몸을 움츠렸다.

반군 두 명이 총구로 선우와 머르싱의 몸을 찌르면서 한쪽 방향으로 가라고 소리쳤다.

선우는 공장 안 가장자리 통로를 따라서 걸으며 자연스럽게 안쪽을 쳐다보았다.

그에게서 3m 거리에서부터 공장의 기계들, 즉 미싱이나 프레스, 아이롱 같은 것들이 선우가 가고 있는 방향을 향해 일렬로 곧게 뻗어 있으며 도대체 그런 줄이 몇 개인지 끝이 보이지 않았다.

그리고 그런 줄 사이의 통로에 미얀마인 여자 종업원들이 한쪽 방향으로 줄지어 앉아 있으며 곳곳에 군복 차림의 반군들이 총을 들고 있는 모습이 보였다.

그녀들은 선우가 무엇 때문에 이곳에 왔는지, 또한 자신들의 생명 줄을 선우가 쥐고 있음을 짐작하고 있을 터이다.

머르싱은 두리번거리지도 못하고 바짝 얼어서 똑바로 앞만 주시하면서 걸었다.

그때 종업원들이 있는 곳 어디에선가 날카로운 외침이 터져 나왔다.

"아페!"

'아페'라는 건 '아버지'라는 미얀마어다.

선우와 머르싱은 동시에 외침이 들려온 곳을 쳐다보았다.

머르싱은 지금껏 두려워서 정면만 주시했지만 '아페'라는 외침을 듣는 순간 두려움이 일시에 사라졌다.

선우가 있는 곳에서 7~8번째 줄에 유니폼을 입은 두 명의 까무잡잡한 소녀가 일어나서 이쪽을 보며 울면서 외치고 있는 모습이 보였다.

"아페!"

그녀들은 머르싱의 딸이며 아버지를 발견하고는 반가움에

울부짖고 있는 것이다.

머르싱은 그녀들을 보며 울면서 외쳤다.

"뭉갓! 차요!"

그런데 가장 가까운 곳에 있던 반군이 두 소녀에게 부리나케 달려가면서 소총을 치켜들었다.

선우가 보기에 가만히 놔두면 반군이 자매를 때리거나 혼낼 것 같았다.

선우는 그쪽으로 팔을 뻗으면서 큰 소리로 우렁차게 외쳤다.

"그만둬!"

미얀마어였기 때문에 뛰어가던 반군이 우뚝 멈췄으며 모두들 선우를 쳐다보았다.

선우는 서툰 미얀마어로 외쳤다.

"그녀들을 때리면 협상하지 않겠다!"

달려가다가 멈춘 반군이 주춤거렸다.

그때 실내 스피커에서 웅웅거리는 소리가 났다. 그만두고 사장을 빨리 데려오라는 명령이다.

선우와 머르싱을 데려가던 반군들이 빨리 가라고 소총으로 찌르면서 소리를 질렀다.

머르싱은 고개를 숙이고 걷다가 기회를 봐서 재빨리 선우를 보며 속삭였다.

"고맙습니다."

머르싱은 울고 있었다.

제1공장 맨 앞에는 매우 큰 사무실이 자리 잡고 있었다.

조금 전 스피커에서 흘러나온 명령은 이곳 사무실에서 한 것이었다.

사무실 주변에는 소총으로 무장한 반군 20여 명이 삼엄하게 지키고 있었다.

선우가 사무실까지 걸어가면서 살펴보니 제1공장 내부에 팡롱공장 종업원들이 다 모여 있으며 반군들이 열 걸음에 한 명씩 종업원들에게 소총을 겨누고 있었다.

이런 상황이라면 선우가 아무리 날고 기는 재주가 있어도 과격한 행동으로는 3만 명이나 되는 인질을 무사히 구할 수 없을 것 같았다.

이렇게 되면 선택의 여지가 없다. 무조건 협상으로 이 일을 해결해야만 한다.

사무실 안은 중간에 복도가 있으며 양쪽에 네 칸의 작은 사무실들이 칸막이로 이루어져 있고 넓은 곳에 20여 명 정도가 바닥에 모여서 앉아 있었다.

선우는 그들이 팡롱공장 한국인 법인장을 비롯한 사원들이라는 것을 한눈에 알아보았다.

"문성택 씨?"

앉아 있는 사람들 중에서 한국인 50대 작업복 차림의 중년인이 움찔 놀라서 몸을 일으키려다가 옆에 지키고 있는 반군에게 제지당했다.

선우는 고개를 끄떡이면서 담담한 미소를 지으며 말없이 법인장 문성택을 지나쳤다.

문성택 옆에 있던 사람들이 속삭였다.

"누굽니까?"

"본사에서 온 분입니까?"

본사라는 것은 세계적인 의류 브랜드인 스팍스어패럴을 가리키고 스포그의 산하에 있다.

스팍스어패럴은 최정상급 종합 의류 브랜드이며 전 세계에 12개 공장을 두고 있다.

"나도 모릅니다."

문성택은 고개를 돌려서 저만치 걸어가는 선우의 뒷모습을 보면서 중얼거렸다.

선우는 사무실 안쪽에 위치한 법인장실로 안내되었다.

법인장실 앞에 장교인 듯한 두 명의 반군이 서 있다가 선우와 머르싱을 인계받더니 몸수색을 하고 나서 법인장실 안으로 선우와 머르싱의 등을 떠밀어서 들어가게 했다.

그곳 법인장의 커다란 책상 너머에는 물 빠진 군복을 입은 40대 중반의 미얀마인이 앉아서 책상에 두 발을 포갠 채 거

만한 자세로 담배를 피우고 있었다.

선우는 그가 카렌 반군 임시 사령관인 솜타이일 것이라고 판단했다.

선우와 머르싱을 데려다준 반군은 물러가고 실내에는 5명이 남았다.

선우와 머르싱, 솜타이, 그리고 장교인 듯한 반군 두 명이 서 있는데 권총으로 선우와 머르싱을 겨누고 있다.

예상했던 것보다는 이들의 경계가 소홀했다. 하긴 선우와 머르싱의 몸수색을 해서 무기를 지니고 있지 않은 것을 확인했으니까 위험하지 않다고 판단했을 것이다.

선우가 마음만 먹으면 몇 초 사이에 이 안에 있는 3명을 제압할 수 있다.

그렇지만 그런다고 해서 일이 해결되는 것은 아닐 것이다. 이들은 정규군이 아니라 어중이떠중이 반군이다. 우두머리가 제압됐다고 해서 무조건 총을 내려놓고 복종하는 명령체계 같은 것이 되어 있을 리가 없다.

척!

선우는 장교가 갖다 준 의자에 앉았고 머르싱은 옆에 섰다.

"돈은?"

솜타이가 거두절미 본론으로 들어갔다. 예상했던 대로 그는 카렌어로 말했다.

선우는 머르싱의 통역으로 대화를 시작했다.

"인질들의 안전이 보장되면 지금 즉시 미화로 1억 달러를 내놓겠다."

"너는 돈을 가져오지 않았잖아!"

솜타이가 버럭 소리 질렀다.

선우는 동요하지 않고 손으로 바깥쪽을 가리켰다.

"정문 밖에 있다. 내 말 한 마디면 갖고 올 것이다."

탕!

"거짓말하지 마라!"

솜타이는 버럭 화를 내면서 손으로 책상을 세게 내려쳤다.

솜타이는 담배를 신경질적으로 끄고 나서 벌떡 일어나며 소리쳤다.

"약속을 어겼으니까 인질 100명을 죽이겠다!"

머르싱에게 그 말을 들은 선우는 즉시 손을 썼다.

아무렇지도 않게 오른손을 슬쩍 흔들어서 장교 두 명의 미간에 공신기 금탄을 하나씩 명중시켰다.

아주 살살.

팍! 팍!

"끅……"

"큭……"

장교 두 명이 마치 갑자기 기절하는 것처럼 제 풀에 그 자리에 풀썩 쓰러졌다.

"어엇?"

솜타이는 움찔 놀라더니 재빨리 허리의 권총 벨트에서 권총을 뽑았다.

그러나 그가 권총을 발사하기도 전에 선우의 손이 재빨리 그를 향해 작은 원을 그렸다.

두둑…….

"으윽……!"

권총을 뽑아서 들어 올리려던 솜타이의 오른손이 그대로 멈추면서 뼈 부러지는 소리가 났다.

선우는 이번에는 금탄을 발사하지 않았다. 그 대신 공기를 끈처럼 이용해서 솜타이의 오른손 손목을 묶어버렸다.

선우의 네 가지 능력 중에 하나인 공신기는 금탄만 발사할 수 있는 게 아니다.

공기를 자유자재로 조종하는 능력이 공신기다. 공기를 차갑게 혹은 뜨겁게 하거나 단단하게 뭉칠 수도 있고 끈처럼, 아니면 칼이나 창처럼 만들어서 사용할 수도 있는 것이다.

솜타이는 손목이 부러지지는 않았지만 부러질 정도로 아프고 또 손을 전혀 사용하지 못했다.

"앉아라."

"으으… 죽여 버리겠다……."

선우가 미얀마어로 말하자 솜타이도 미얀마어로 말하면서 선우를 잡아먹을 것처럼 노려보았다.

선우는 솜타이의 손목을 묶은 보이지 않는 공기의 끈을 조금 세게 조였다.

우두둑…….

"끄아악!"

솜타이는 손목이 잘라질 것 같은 고통에 처절하게 비명을 질렀다.

선우는 일어나서 법인장실의 문을 잠갔다. 이러면 안에서 무슨 일이 일어나는지 모를 테니까 함부로 소총을 난사하거나 허튼짓을 하진 못할 것이다.

선우는 솜타이 손에서 권총을 뺏어 뒤로 물러서고는 공기의 끈을 풀어주었다.

"앉아서 차분히 얘기하자."

"으으……."

손목을 어루만지면서 오만상을 쓰고 있는 솜타이는 선우가 자신을 죽이거나 하지 않고 담담하게 말하자 무슨 속셈이냐는 듯 그를 쏘아보았다.

"나는 너희들이 이 공장에서 떠나준다면 될 수 있는 한 너희의 요구를 들어줄 생각이다."

선우는 미얀마어로 말하기도 하고 머르싱의 도움을 받기도 하면서 뜻을 전했다.

"우리도 살고 너희도 살 수 있는 길을 찾아보자."

그러면서 선우는 솜타이 앞의 책상 위에 뺏었던 권총을 놓고 물러났다.

탁……

솜타이는 아픈 손목을 어루만지면서 '어?' 하는 표정을 지었다.

"너희가 요구하는 것이 정말 1억 달러냐?"

"……"

솜타이는 권총을 집어서 만지작거렸다. 분노를 조절하면서 어떻게 할 것인지 갈등하는 것 같은 표정이다.

선우는 의자에 차분하게 앉아 있지만 머르싱은 겁에 질린 표정으로 안절부절못했다.

솜타이는 지금 즉시 권총으로 선우를 쏠 수도 있다.

선우는 거기에 대비해서 만반의 준비를 했지만 겉으로는 조금도 티가 나지 않고 태연한 모습이었다.

"솔직하게 대답하기를 바란다. 너희는 정말 1억 달러를 주면 이 공장에서 떠날 것이냐?"

머르싱이 통역하자 솜타이의 동공이 흔들렸다.

솜타이는 선우를 쏘아보았다. 그렇지만 조금 전처럼 죽이고 싶다는 눈빛이 아니라 선우의 진심을 알아내려는 것이다.

잠시 침묵이 흘렀다.

"음……."

한참이 지나서 솜타이는 무거운 신음 소리를 냈다.

"우리는 돈이 필요하다."

"그리고 또 뭐가 필요하지?"

솜타이는 또 침묵하다가 어렵게 대답했다.

"탈출이다."

"미얀마에서의 탈출이냐?"

"그렇다."

선우가 생각했던 몇 가지 짐작 중에 두 개가 맞았다. 이들이 요구하는 것이 돈만은 아니라는 것과 카렌 반군 내부에 무슨 일이 있었다는 것이다.

카렌 반군 내부에 무슨 일이 있지 않고는 이들 400명이 무엇 때문에 미얀마를 탈출하려고 하겠는가.

"어디로 탈출할 거냐?"

"우릴 탈출시켜 줄 수 있느냐?"

물음에 물음으로 답하는 솜타이를 보면서 선우는 고개를 끄떡였다.

"해줄 수 있다."

솜타이는 믿지 못하겠다는 표정을 지었다.

"여긴 미얀마다."

"나는 미얀마 정부를 움직일 수 있다."

솜타이는 반신반의하는 표정을 지었다.

"탈출해서 어디로 갈 계획이냐?"

선우의 질문에 솜타이 얼굴빛이 흐려졌다.

"모… 르겠다. 필리핀이나 인도네시아 같은 곳이면 괜찮을 것이라고 생각한다."

솜타이는 착잡하게 말했다.

"어쨌든 우릴 받아주는 곳으로 가고 싶다."

선우는 무슨 이유인지는 모르지만 이들이 막다른 벼랑 끝에 몰려 있다는 사실을 직감했다.

"너희들을 받아줄 나라는 없다."

선우의 냉정한 말에 솜타이의 얼굴이 일그러졌다.

협상을 할 때 헛된 망상을 심어주면 헛된 약속을 해야만 하고, 그것을 들어주지 못할 경우에는 협상이 결렬되고 만다. 협상 결렬은 곧 파국이다. 3만 명의 목숨이 달린 일이다.

"1억 달러는 줄 수 있다. 그런데 그 돈으로 다른 나라에서 살게 해달라고 거래를 할 거라면 좋은 생각이 아니라고 말해주고 싶다."

"……."

솜타이는 말없이 선우를 쏘아보았다.

통역을 하는 머르싱은 조마조마해서 땀을 뻘뻘 흘렸다.

선우는 거침없이 말했다.

"그 나라에서 돈만 뺏고 너희들을 쫓아내거나 죽인다면 어쩔 텐가?"

선우의 말은 충분히 가능한 일이어서 솜타이로선 반박의 여지가 없다.

"아니면 미얀마 정부에서 너희들을 돌려달라고 요구한다면 그 나라에서도 거절하기 어려울 것이다."

"닥쳐라!"

솜타이는 궁지에 몰린 쥐처럼 부르르 몸을 떨더니 권총을 겨누며 악을 썼다.

그러나 선우는 끄떡하지 않고 할 말을 했다.

"투항은 어떠냐?"

"투항이라고?"

솜타이는 어이없다는 표정을 지었다.

"정부에 투항하라는 것이냐?"

"그렇다."

"정부가 우릴 살려줄 것 같으냐?"

"내가 그렇게 만들어줄 수 있다."

솜타이는 선우를 노려보았다.

"너 미친놈이냐?"

"나는 미얀마에 20개의 기업과 공장을 갖고 있으며 매년 15억 달러를 무상으로 원조하고 있다. 그런 나를 미얀마 정부가 함부로 대할 것 같으냐?"

"……."

솜타이는 눈을 부릅뜨면서 놀랐다. 그는 선우가 그토록 대단한, 아니, 어마어마한 사람인 줄 꿈에도 몰랐었다.

"투항하겠다고 하면 미얀마 정부가 너희들 400명을 일체 건드리지 않도록 해줄 것이며 또한 평생 동안 풍족하게 살도록 해주겠다."

선우 말대로만 된다면 솜타이로서는 그보다 더 좋은 조건이 없다.

그는 눈을 껌뻑이면서 선우를 쏘아보았다. 선우의 말을 믿어야 하는지 말아야 하는지 고민이다.

선우는 휴대폰을 꺼내면서 말했다.

"네가 고개를 끄떡이기만 하면 미얀마 대통령과 통화해서 너희들이 원하는 것을 제의하겠다."

"정… 말이냐?"

"아마 대통령은 너희들의 투항을 받아줄 것이다."

솜타이 얼굴에 갈등하는 기색이 역력하게 떠올랐다.

선우는 내친김에 조금 더 아량을 베풀었다.

"너희들을 미얀마에 있는 내 공장 어디에서라도 원하는 곳에서 일하도록 해주겠다."

"음, 그걸 어떻게 믿지?"

솜타이는 선우의 제안에 흥미가 당길 것이다. 선우 말대로만 된다면 미얀마를 떠나지 않아도 된다.

이들 반군 400명에게도 가족들이 있으므로 그들과 미얀마에서 행복하게 살 수 있게 되는 것이다.

선우는 쓰는 김에 막 썼다.

"네가 대통령하고 직접 전화 통화를 하도록 해주겠다."

솜타이는 고개를 가로저었다.

"전화로 상대가 대통령이라는 것을 어떻게 알지?"

"대통령 얼굴을 아느냐?"

"TV에서 본 적이 있다."

"화상 통화를 해주겠다."

"그게 뭐냐?"

미얀마 밀림 속에서 활동하는 반군 따위가 화상 전화를 알리가 없다.

선우는 자신의 휴대폰 화면을 가리켰다.

"내가 전화를 걸면 여기에 대통령 얼굴이 나온다. 그럼 너는 대통령 얼굴을 보면서 얘기하면 된다. 네 얼굴도 대통령이 보게 될 것이다."

솜타이는 휴대폰과 선우 얼굴을 번갈아 쳐다보았다.

"어떻게 하겠느냐?"

솜타이는 진지하게 대답했다.

"생각할 시간이 필요하다."

"알았다."

선우는 일어나면서 말했다.

"두 가지 부탁을 들어줄 수 있느냐?"

"뭐냐?"

선우는 머르싱을 가리켰다.

"여기에 이 사람의 두 딸이 있다. 그녀들을 이곳으로 불러주면 좋겠다."

솜타이는 고개를 끄떡였다.

"알았다. 또 하나는 뭐냐?"

머르싱은 전혀 기대하지도 않았던 두 딸을 만나게 되어 기뻐서 어쩔 줄 몰랐다.

"내 부하들을 만나고 싶다."

밖에 있는 법인장들을 말하는 것이다.

솜타이는 역시 고개를 끄떡였다.

"만나도 좋다."

솜타이는 쓰러져 있는 두 명의 장교를 가리켰다.

"저들은 죽은 건가?"

"기절시켰다. 10분 후에 깨어날 것이다."

솜타이는 미간을 찌푸렸다.

"저들에게 어떻게 한 거지? 그리고 조금 전에 내 손목을 어떻게 한 것이냐?"

선우는 빙긋 미소 지으며 손가락 하나를 세웠다.

"나는 이 손가락으로 널 죽일 수도 있다."

그는 가볍게 손가락을 퉁겼다.

피잉!

일부러 날카로운 소리를 내게 해서 금탄이 솜타이의 뺨 옆으로 스쳐 지나게 만들었다.

퍽!

솜타이가 깜짝 놀라는데 뒤에서 둔탁한 소리가 났다.

뒤돌아보고는 벽에 손가락 굵기의 구멍이 뻥 뚫려 있는 것을 발견한 솜타이의 눈이 잔뜩 부릅떠졌다.

선우의 솜씨는 권총보다 빨랐다. 저게 솜타이에게 맞았다면 몸이 관통됐을 것이다.

그는 간이 서늘해진 표정으로 선우를 쳐다보았다.

"왜 날 죽이지 않았지?"

선우가 솜타이를 죽이지 않은 것은 그를 죽여봤자 아무 소용이 없으며 오히려 협상만 결렬될 것이기 때문이었다.

그렇지만 선우는 점잖게 말했다.

"나는 아무도 다치는 것을 원하지 않는다."

솜타이 눈에 선우는 자비로운 부처님으로 보였다.

머르싱의 두 딸 뭉갓과 차요가 법인장실로 불려왔다.

17살과 19살의 두 소녀는 잔뜩 겁먹은 표정으로 실내에 들어왔다가 머르싱을 발견하고 소리쳐 울면서 그에게 안겼다.

"아페!"

"뭉갓! 차요!"

머르싱은 두 딸을 끌어안고 통곡하듯이 울었다.

선우와 솜타이는 세 사람이 부둥켜안고 우는 모습을 묵묵히 지켜보았다.

흥분이 웬만큼 가라앉자 솜타이가 말했다.

"저 두 여자를 풀어주겠다."

선우가 솜타이에게 보여준 호의에 대한 작은 보답인 것 같았다. 좋은 징조다.

머르싱은 너무도 기뻐서 두 딸을 끌어안았다.

솜타이는 약속대로 뭉갓과 차요를 풀어주었다.

두 딸은 아버지와 같이 나가고 싶다면서 울었으나 선우가 아직 미얀마어가 익숙하지 않기 때문에 머르싱을 내보내는 것은 곤란했다.

선우는 솜타이가 측근들과 의논을 하는 동안 머르싱과 팡롱공장 법인장인 문성택 등을 만나러 갔다.

솜타이의 명령으로 문성택 등을 감시하던 반군들이 멀찍이 물러났으며 선우는 문성택들과 섞여서 바닥에 책상다리를 하고 앉았다.

선우는 솜타이와 진행 중인 협상 내용에 대해서 간략하게 설명을 해주었다.

"그게 가능합니까?"

법인장 문성택이 놀라면서 물었다. 그는 선우가 매우 젊지만 감히 함부로 하지 못했다.

더구나 선우가 미얀마 대통령을 움직인다는 말에 놀라움을 금치 못했다.

선우는 고개를 끄떡였다.

"가능합니다."

문성택뿐만 아니라 그곳에 있는 모든 사람이 놀랐다.

"어떻게 가능합니까?"

스팍스어패럴은 전 세계에 12개의 공장을 갖고 있으며 미얀마와 태국에 각각 공장이 하나씩 있다.

문성택은 스팍스어패럴 12명의 법인장 중 한 명으로서 스팍스어패럴이 세계적 다국적 기업인 스포그 산하라는 것만 어렴풋이 알고 있을 뿐이다.

선우는 엷은 미소를 지었다.

"미얀마 정부가 스포그를 무시하지는 못할 겁니다."

"그건 그렇지만……."

문성택을 비롯한 간부진들은 미얀마 정부가 스포그의 요구를 들어줄 것이라고 생각하지만 과연 선우가 스포그를 대표할 수 있는 인물이냐는 것에 의문을 품었다.

선우는 모두에게 말했다.

"협상은 나한테 맡기고 여러분은 잠시 후에 제자리로 돌아가서 불안해하는 종업원들을 위로하고 안심시키세요."

사람들은 깜짝 놀랐다.

"무슨 말입니까? 우리는 이곳에서 꼼짝도 하지 못합니다."

"내가 솜타이에게 요구해서 여러분들이 공장 내에서 자유롭게 다닐 수 있도록 하겠습니다."

선우가 일어서자 모두들 놀라움과 불안한 표정으로 그를 주시했다.

문성택이 조심스럽게 물었다.

"실례지만 당신은 누굽니까?"

선우는 빙그레 미소 지었다.

"만능술사 골드핑거라고 합니다."

20분쯤 후에 문성택과 간부진들은 선우 말대로 공장 내부에 한해서 자유롭게 돌아다닐 수 있는 허락이 떨어졌다.

그리고 선우와 머르싱은 법인장실에서 솜타이와 마주했다.

실내에는 솜타이를 비롯한 5명의 반군이 있으며 그들은 모두 장교들이었다.

그렇지만 그들은 선우와 머르싱에게 총을 겨누지 않았다. 분위기가 그만큼 좋아졌다는 뜻이다.

"낭신의 요구를 받아들이겠다. 단, 조건이 있다."

솜타이가 엄숙하게 입을 열었다.

"뭔가?"

"대통령이 우리의 투항을 받아주고 일체의 보복 행위를 하지 않으며 여생을 약속하겠다는 담화를 TV로 발표해야 한다."

솜타이는 결코 만만한 상대가 아니다. 그는 휴대폰 화상 통화로 대통령과 대화하는 것으로는 믿을 수가 없어서 미얀마 전 국민과 전 세계인을 증인으로 삼겠다는 것이다.

솜타이를 비롯한 모두들 머르싱까지 선우를 주시했다. 그렇게 해줄 수 있느냐는 것이다.

"잠시 시간을 다오."

선우는 솜타이에게 양해를 구하고는 혜주에게 전화를 걸었다.

"혜주야, 내 말 잘 들어라."

─삼촌, 어떻게 됐어?

선우가 팡롱공장으로 들어간 후 2시간이 지났는데도 아무 연락이 없자 초조할 대로 초조해진 혜주의 목소리가 쨍 하고 울렸다.

선우는 솜타이하고의 협상 내용을 설명해 주었다.

"가능하겠니?"

―가능할 거야. 기다려 봐.

선우가 통화를 끝내자 지켜보고 있던 사람들은 침묵으로 그의 말을 기다렸다.

선우는 고개를 끄떡였다.

"내 비서가 미얀마 대통령과 대화를 하고 나서 나한테 전화를 할 것이다."

솜타이 등은 물론 머르싱까지도 안도의 표정을 지었다.

30분이 지났는데도 혜주의 전화가 오지 않고 있다.

선우가 예상했던 것보다 시간이 좀 더 오래 걸리고 있는 것 같았다.

법인장실 실내의 공기는 무겁게 가라앉았다. 시간이 흐를수록 대통령과의 협상이 결렬될 수도 있다는 우려가 점점 더 커져만 갔다.

선우는 대통령과의 협상이 잘될 거라고 예상했었다. 하나 시간이 길어진다는 것은 협상이 난항을 겪고 있다는 뜻이다.

35분이 됐을 때 혜주가 전화를 했다.

―삼촌, 대통령이 미얀마에 댐과 발전소를 지어달래.

"뭐어?"

선우의 이마에 핏대가 불끈 생겼다.

평소에 미얀마 대통령이 스포그에 그런 부탁을 한다면 들어줄 수도 있을지 모른다.

그런데 지금 같은 상황에 댐과 발전소를 지어달라고 하는 것은 위기를 노린 협박이나 다름없었다.

댐과 발전소를 짓자면 아무리 못 잡아도 몇 조 원은 들 것이다. 이런 기회를 이용하다니 악질이나 하는 짓이다.

'이 사람, 도대체 무슨 생각을 하고 있는 거야?'

팡룽공장은 스곽스어페럴 소유지만 인질로 잡힌 3만 명 거의 대부분은 미얀마인이다.

그런데 대통령 정도 되는 작자가 자기 국민들을 인질로 잡고 거래를 하자는 것이다. 어이없는 일이다.

선우는 빡 돌아버렸다.

'정신 나간 작자로군.'

그는 혜주에게 주문했다.

"아웅산 수지 여사하고 통화해 봐."

미얀마 민주화 영웅인 아웅산 수지 여사는 미얀마의 실질적인 지도자라고 할 수 있다.

현 대통령은 수지 여사가 세운 꼭두각시에 불과하다는 사실은 이미 비밀도 아니다.

―이미 통화해 봤어.

"뭐래?"

―자기는 힘이 없다는 거야. 미얀마의 모든 실권은 대통령에게 있으니까 그와 대화하라면서 통화를 끊더라고.

"이런 씨……."

선우는 저도 모르게 욕이 튀어나오려는 걸 겨우 참았다.

그는 방금 혜주의 말을 듣고 어떻게 된 일인지 추측할 수 있게 되었다.

댐과 발전소를 지어달라는 것은 대통령이 아니라 아웅산 수지 여사의 발상이 분명하다.

미얀마 대통령이 꼭두각시라는 건 세상이 다 아는 일이다.

아웅산 수지 여사는 정권을 잡기 전까지는 민주화의 영웅이며 또한 평화주의자였을지 모르지만 정권을 잡은 후에는 뻔뻔한 국수주의에 이기주의자로 변해 버린 것 같다.

그것은 선우 혼자만의 생각이 아니라 전 세계가 아웅산 수지 여사의 변질을 위험한 시선으로 지켜보고 있다. 그녀가 미얀마의 소수인 무슬림들을 무자비하게 탄압하고 무차별 도륙한다는 것은 이미 널리 알려진 사실이다.

그녀가 이렇게 나온다면 선우도 생각이 있다. 물론 수지 여사가 원하는 댐과 발전소를 만들어줄 생각은 추호도 없었다. 그런 돈이 있다면 다른 최빈국에 쓸 것이다.

"국방장관 왔니?"

아까 중장은 국방장관이 오고 있는 중이라고 했었다.

—왔다가 삼촌이 공장에 들어갔다는 말을 듣고 시내의 호텔로 쉬러 갔어.

누구는 자기네 국민을 살리려고 인질들과 반군들 속으로 제 발로 걸어 들어왔는데 누구는 그걸 기다리지 못하고 호텔로 쉬러 갔다는 것이다. 한심한 국민성이고 관료들이다.

"거기 중장 있었지."

—여기 있어. 왜?

"중장하고 거래해 봐."

선우는 기가 막히게 잘 도는 머리를 이용해서 제3의 방법을 생각해 냈다.

미얀마 정부를 배제한 선우의 계획이 은밀하게 진행되고 있는 중이다.

그러는 동안 선우는 솜타이와 측근 장교들을 설득했다.

궁지에 몰린 반군들은 이번에도 자신들이 믿을 수 있는 증거를 요구했다.

선우는 휴대폰을 법인장실의 TV에 연결하고 한 인물과 화상 통화를 시도했다.

TV 화면이 한동안 치직거리다가 이윽고 한 인물의 모습이 화면에 가득 나타나자 반군들은 어리둥절하다가 누군가 한 명이 놀라서 외쳤다.

"탁싱이야!"

태국 총리 이름이 탁싱이다.

태국하고의 접경 지역인 골든트라이앵글에서는 대부분 사람이 질 좋은 태국 TV를 시청하고 있다. 그런 덕분에 다들 태국어를 웬만큼 구사할 줄 안다.

미얀마 대통령하고의 협상이 난조에 빠지자 선우는 400명의 반군들을 태국에서 정착할 수 있도록 탁싱 총리하고 이미 얘기를 끝낸 상태다.

스포그는 태국에 미얀마의 6배에 달하는 금융, 의료, 가전, 반도체 기업과 공장들이 진출해 있는 상태였다.

선우가 휴대폰의 렌즈를 자신을 향해 고정해 놓고 TV에 나온 탁싱을 보면서 손을 들어보였다.

"헬로우, 미스터 탁싱."

탁싱 총리는 반갑게 마주 손을 흔들었다.

"오우! 영 마스터, 오랜만입니다!"

한국의 스포그 사람들은 선우를 '도련님'이라고 부르지만 외국에서는 '도련님'의 영문 호칭인 '영 마스터'라고 부른다.

선우는 20살 때 사업적인 일 때문에 집사 오진훈과 함께 탁싱 총리를 만난 적이 있었다.

선우는 태국어로 탁싱과 대화했다.

"여기에 있는 미얀마 카렌 반군 408명을 태국 치앙라이에서 살도록 허락하실 겁니까?"

선우는 이미 끝난 얘기를 솜타이들에게 확인시켜 주기 위해서 다시 물었다.

치앙라이는 메콩강 골든트라이앵글 안에 있는 태국 영토로서 미얀마와 라오스 국민들로부터 '파라다이스'라고 불리는 모든 것이 갖춰져 있는 꿈의 땅이다.

―물론입니다. 앞으로 그들은 치앙라이에 있는 영 마스터의 공장에서 일하게 될 것이며 각자 자신들의 집에서 가족들과 함께 살게 될 것입니다.

탁싱이 말하자 솜타이 등은 꿈을 꾸는 듯한 표정을 지었다.

선우는 솜타이들에게 말했다.

"궁금한 것이 있으면 탁싱 총리에게 직접 물어보시오."

솜타이가 조심스럽게 말문을 열었다.

"우리에게 태국 국적을 갖게 해주는 겁니까?"

―물론이오. 당신들이 과거에 무슨 짓을 저질렀든 일체 묻지 않을 것이며 앞으로 태국의 법을 어기지만 않으면 절대 불이익을 주지 않을 것을 약속하오.

"아아……."

솜타이들은 감격 어린 표정으로 눈물을 글썽거렸다.

사실 이들은 카렌 반군 내부에서의 반란 때문에 쫓겨나서 정처 없이 떠돌다가 켕퉁까지 흘러와서 무작정 팡롱공장을 점거했던 것이다.

정부군에 잡히면 총살을 당할 것이고, 카렌 반군에게 돌아가도 죽을 목숨이었기에 이판사판으로 저지른 짓이었다.

"더 물어볼 게 없소?"

"없… 습니다."

선우의 말에 솜타이들은 울면서 고개를 가로저었다.

선우는 TV의 탁싱 총리에게 미소 지으며 말했다.

"이따 저녁에 뵙겠습니다."

─기다리고 있겠습니다, 영 마스터.

선우는 탁싱 총리와 방콕에서 저녁 식사를 약속해 두었다.

미얀마와 라오스, 태국의 세 나라 국경이 겹치는 메콩강에서 서쪽으로 15㎞ 지점에 미얀마 타칠아익이라는 작은 소도시가 위치하고 있다.

타칠아익 시내를 가로지르는 루아크강이라는 개천이 있으며 그것이 미얀마와 태국의 국경선을 이룬다.

타칠아익 시내를 벗어난 서쪽 3㎞ 지점 루아크강 상류 미얀마 쪽 강변에 미얀마군 군용 트럭 10여 대가 줄지어서 멈춰 있다.

그리고 트럭에서 평범한 민간인 복장을 한 408명의 남자가 우르르 땅으로 뛰어내렸다.

그들은 팡롱공장을 장악했던 카렌 반군들이다.

408명은 솜타이와 장교들의 지시로 일사불란하게 루아크강을 건너기 시작했다.

강이라고 해봐야 달리다가 점프해서 뛰면 건널 수 있을 정도의 좁은 폭이다.

선우와 머르싱은 여기까지 따라왔다.

선우는 솜타이에게 루아크강 건너에 일렬로 서 있는 버스들을 가리켰다.

"저기 있는 버스를 타면 당신들은 태국 국민이 되는 것이오."

솜타이는 두 손을 모아 합장을 해보였다.

"이 은혜는 절대로 잊지 않겠습니다."

미얀마 국민 90% 이상이 불교 신자다.

"버스에 가방이 408개 있을 거요. 한 사람당 미화로 10만 달러씩 넣어놨으니까 나누어갖도록 하시오."

"아……."

솜타이는 가슴이 미어지는 것 같아서 아무 말도 하지 못하고 눈물만 뚝뚝 흘렸다.

10만 달러씩 408명이면 4천만 달러가 넘는다. 솜타이가 달라고 한 것도 아닌데 선우가 그걸 선뜻 주었다.

선우가 팡롱공장을 점거하고 1억 달러를 내놓으라고 한 것은 미얀마에서 탈출하기 위한 비용이었다. 그런데 이렇게 탈출하여 태국 국민이 되도록 만들어준 선우가 돈까지 두둑하게 주었다.

한 사람당 10만 달러면 태국에서 평생 일하지 않아도 가족과 함께 풍족하게 살 수 있을 것이다.

"으흐흑……!"

솜타이가 갑자기 무릎을 꿇으면서 울음을 터뜨렸다.

뒤에 서 있던 장교들도 선우의 말을 들었기 때문에 모두들 울면서 같이 무릎을 꿇었다.

솜타이와 장교들은 아무 말도 하지 못하고 울기만 했다. 고맙다는 말밖에는 할 말이 없는데 그마저도 우느라 하지 못하고 있다.

선우 옆에 서 있는 머르싱도 하염없이 눈물을 흘렸다.

선우는 솜타이의 손을 잡고 일으켰다.

"일어나시오."

선우는 솜타이의 어깨를 두드렸다.

"당신들이 팡롱공장 종업원들을 아무도 해치지 않고 때리지도 않았으며 모두에게 잘 대해주었다고 들었소."

솜타이는 눈물을 뚝뚝 흘렸다.

"군인은 민간인을 해치지 않습니다."

"그래서 감사의 뜻으로 돈을 주는 것이오."

선우는 솜타이의 등을 떠밀었다.

"자, 이제 가시오."

솜타이와 장교들은 무리의 마지막으로 루아크강을 건너면서 연신 선우를 돌아보면서 손으로 합장을 해보였다.

제15장
도련님의 할렘

켕통으로 돌아온 선우는 카렌 반군 408명을 탈출시키는 일
을 도와준 미얀마 정부군 중장에게 약속한 대로 100만 달러
를 주었다.

408명의 카렌 반군이 어디로 사라졌는지에 대한 일은 중장
이 알아서 해결할 것이다.

중장은 스포그와 미얀마 대통령 그리고 아웅산 수지 사이
에 오갔던 거래 내용에 대해서는 전혀 모르고 있다.

그는 단지 협상이 잘돼서 카렌 반군을 태국으로 추방하고
팡롱공장 종업원 3만 명을 구한 줄로만 알고 있다.

미얀마군이 팡롱공장 문을 활짝 열어서 감금되어 있던 3만 명의 종업원을 모두 풀어주었다.

종업원들은 기쁨의 눈물을 흘리며 입을 모아서 외쳤다.

"사장님, 만세!"

선우는 헬기를 타고 미얀마 양곤의 공항으로 돌아와서 보잉757에 탑승하기 전에 미얀마에 진출한 스포그의 모든 사업을 총괄하는 미얀마 총법인장에게 지시했다.

"팡롱공장만 남기고 미얀마의 모든 사업을 철수시키는 절차를 밟으세요."

총법인장은 움찔 놀랐다.

"모두… 입니까?"

"모두입니다."

총법인장은 정중히 고개를 숙였다.

"알겠습니다, 도련님."

그는 선우가 누군지 알고 있다.

선우는 보잉757에 탔다.

그는 은혜를 원수로 갚으려고 한 아웅산 수지에게 마땅한 벌을 내린 것이다.

이제는 매년 미얀마에 무상으로 원조해 오던 15억 달러도 끊을 생각이다.

아웅산 수지는 스포그의 도련님을 잘못 건드렸다.

선우는 보잉757 안에서 주한 미국 대사 로건의 전화를 받았다.

―선우 씨, 팡롱공장 일을 잘 처리했다고 들었습니다.

"운이 좋았습니다."

선우는 여승무원이 주는 시원한 맥주를 마셨다.

―그쪽 CIA 요원 말로는 카렌 반군들이 미얀마군 트럭을 타고 골든트라이앵글을 통해서 태국 치앙라이로 넘어갔으며 팡롱공장 종업원들이 한 명도 다치지 않고 모두 무사히 풀려났다고 하더군요.

"운이 좋았지요."

―그게 선우 씨 실력이지, 어디 운입니까? ·

"운도 따라야지요."

―그런데 어떻게 한 겁니까? 태국 정부를 움직일 줄은 꿈에도 몰랐습니다.

"비밀입니다."

선우는 입이 무겁다.

―궁금하기는 하지만 선우 씨가 거기에 대해서 설명을 해줄 것 같지는 않군요.

"미안합니다."

이럴 땐 상대가 보통 '미안할 것 없다'고 말하는데 로건은 그걸 건너뛰고 본론으로 들어갔다.

―혹시 선우 씨, CIA 요원이 될 생각 없습니까?

"CIA 요원입니까?"

―되고 싶다면 내가 도와줄 수 있습니다.

로건은 선우에게 선심을 쓰는 것처럼 말했다.

하지만 선우는 지금 로건이 부탁을 하고 있는 것이라고 생각했다. 그러면서도 그는 마치 선우에게 좋은 기회를 주는 것처럼 말했다.

그런 건 어쨌든 좋다. 선우는 쓸데없는 예의니 뭐니 하는 것 때문에 기 싸움 하는 걸 좋아하지 않는다.

"저는 지금 이대로가 좋습니다."

―CIA 요원이 되면 여러 혜택이 주어집니다.

"예를 들면 어떤 겁니까?"

옆에 앉은 혜주가 선우의 빈 컵에 차가운 맥주를 부었다.

선우는 CIA 요원에 흥미를 느끼지 않았다. 지금 이대로도 충분히 바쁘고 재미있기 때문이다.

―CIA가 제공하는 방대하고 정확한 정보를 얻을 수 있습니다. 그리고 많은 혜택 중에서 가장 매력적인 것은 살인 면허가 주어진다는 사실입니다.

"정당방위나 테러범, 악질적인 범인에 대한 살인 면허입니까?"

—아닙니다. 모든 살인에 대한 라이센스입니다. 실수로 죽인 선량한 시민에 대한 살인까지 CIA가 책임집니다.

선우는 CIA에 대해서 따로 공부한 적이 없어서 상식적인 것만 알고 있지만 '살인 면허'에 대한 사실은 처음 알았다.

—모든 현장 요원에게는 살인 면허가 주어집니다.

"처음 알았습니다."

—아무나 CIA 요원이 될 수 있는 게 아닙니다. 선우 씨는 내가 적극 추천했습니다. 선우 씨에 대한 이력을 랭글리에 넣었더니 상부에서 면밀한 심사를 거친 후에 만약 선우 씨가 미얀마 팡롱공장 일을 해결한다면 CIA 요원으로 특채하겠다는 약속을 받았습니다.

로건은 처음의 자세를 버리고 부탁하기 시작했다.

—선우 씨가 북한, 일본, 그리고 중국을 아우르는 현장 요원으로 뛰어준다면 좋겠습니다. 현재 이쪽 지역은 베테랑이 없습니다. 선우 씨는 검은 천사하고도 선이 닿아 있는 것으로 알고 있습니다.

"저는 자격이나 실력이 못 미칩니다."

선우는 완곡하게 거절했다.

—선우 씨, 장병호 사건이나 이번 팡롱 사건 같은 일은 아무나 할 수 있는 게 아닙니다. 선우 씨가 자격이 없다면 CIA 요원들은 전부 옷을 벗어야 할 겁니다. 그리고 선우 씨가 CIA에 들

어온다면 스페셜 요원이 될 겁니다.

"호의는 고맙지만 저는 관심 없습니다."

―하아…….

휴대폰에서 로건의 한숨 소리가 길게 흘러나왔다.

선우는 짚이는 게 있어서 솔직하게 물었다.

"로건 씨, 저한테 의뢰할 사건이 있습니까?"

저쪽에서 놀라는 것 같더니 잠시 망설이다가 인정했다.

―그렇습니다.

"그렇다면 의뢰를 하십시오. 제가 할 수 있는 일이라면 하겠습니다."

―그게 극비 사항이라서 말입니다.

말하자면 선우가 CIA 요원이 돼야지만 비밀 준수 조항을 지킬 것이고, 또한 선우가 CIA의 명령이나 규칙을 위반했을 경우에 제약 같은 것을 가할 수 있을 것이기 때문이다.

그러므로 선우가 CIA의 의뢰를 받아들이는 것만으로는 그쪽에서 만족할 수 없는 것이다.

―선우 씨, 이렇게 합시다.

"말씀하십시오."

선우가 다리가 뻐근해서 구부렸다 폈다 하니까 혜주가 자신의 의자와 그의 의자 사이의 팔걸이를 올리고는 그의 다리를 잡아 무릎에 얹고 주무르기 시작했다.

혜주는 예전에 양아빠 최정필과 함께 지낼 때 그에게 안마를 해주었지만 그를 떠나 한국에서 대학을 다니면서부터는 그럴 기회가 없었다.

선우는 그녀에게 싱긋 웃어 보였다.

로건의 착 가라앉은 목소리가 들렸다.

―도그매틱 에이전트는 어떻습니까?

도그매틱(Dogmatic)은 '독단적'이라는 뜻이다.

"그런 게 있습니까?"

―현재 CIA 전체를 통틀어서 4명 있습니다. 일종의 프리랜서입니다. CIA의 비밀 준수 조항만 엄수하면 됩니다. 그러면 CIA의 모든 지원과 혜택이 제공됩니다. 또한 명령이 아닌 사건을 의뢰하는 형태가 됩니다. 그러므로 사건을 맡거나 맡지 않을 권리가 있는 거죠. 단, 이것은 CIA 국장이 대통령에게 건의를 해서 허락을 받아야만 합니다.

대통령이라는 말에 선우는 쓴웃음을 지었다. 어쩌면 미국 대통령이 스포그의 최고 보스가 누구인지 알고 있을지도 모르기 때문이다.

선우는 CIA의 비밀을 발설하지 않을 자신이 있었다. 만약 그가 천주교를 믿었다면 그의 세례명은 '사일런스(침묵)'가 됐을 것이다. 그 정도로 그는 과묵했다.

– 사실 이건 부탁입니다.

로건이 이제야 솔직하게 말했다.

─나는 선우 씨 같은 능력자를 처음 봤습니다. 선우 씨한테 반했습니다. 부디 도그전트가 돼주십시오.

도그매틱 에이전트를 줄여서 '도그전트'라고 하는 모양이다. 그대로 풀이하면 'Doggent'는 개신사라는 뜻이다. 그래서 CIA에서는 도그전트를 'Maddog' 미친개라고 부른다.

로건 정도 지위의 사람이 이 정도로 나오면 간곡한 부탁이라고 봐야 했다.

로건의 부탁도 부탁이지만 '도그전트'라면 선우로서도 손해 볼 게 없었다.

CIA의 간섭을 받지 않으며 사건을 선별해서 받을 수 있으므로 지금 하고 있는 만능술사하고 별반 다르지 않다.

선우가 앞으로 만능술사 일을 계속하거나 스포그의 최고 보스인 재신(宰神)의 지위에 오르더라도 전 세계의 정보를 계속해서 필요로 하게 될 것이다.

"생각해 보겠습니다."

─아아… 생각해 봐야 되는 겁니까?

선우는 빙그레 웃었다.

"그쪽도 미국 대통령에게 허락을 받아야 하지 않습니까? 그동안 저도 생각 좀 해보겠다는 겁니다."

─젊은 사람이 지나치게 심사숙고하는군요.

"하하하! 그래서 실패율 제로인 겁니다."

—그렇군요. 한 수 배웠습니다.

선우가 전화를 끊자 혜주가 안마하던 손을 멈추었다.

"삼촌, 방콕 도착할 때까지 목욕하고 안마 받으면서 한숨 자."

선우는 벙긋 웃었다.

"네가 안마해 줄 거니?"

혜주는 자신의 무릎에서 선우의 다리를 내렸다.

"꿈 깨셔. 이리 와."

그녀는 선우를 데리고 욕실로 갔다.

"목욕하고 나서 저기 버튼을 누르면 마사지사가 올 거야. 그녀에게 마사지를 일본식으로 원하느냐 아니면 태국식이냐만 얘기하면 알아서 해줄 거야. 그럼 몸을 그녀들에게 맡기고 한숨 자라는 거야."

선우는 욕조에 향긋한 물을 받는 여승무원을 쳐다보면서 혜주에게 물었다.

"여기 마사지사도 있니?"

"응, 두 명 있어."

"그런데 어째서 나는 여태껏 몰랐지?"

"이 비행기 누구랑 탔었는데?"

"할아범."

혜주는 피식 웃었다.

"집사님은 삼촌이 말만 한 여자들에게 알몸으로 마사지 받는 게 싫었던 모양이지."

선우는 눈을 크게 떴다.

"알몸으로 받는 거냐?"

혜주가 오히려 어이없다는 표정을 지었다.

"그럼 목욕하고 나서 다시 옷을 입을 거야? 피로가 싹 풀리게 전신 오일 마사지를 할 건데?"

선우는 손사래를 쳤다.

"그런 마사지는 안 한다."

알몸을 여자 마사지사들에게 맡기고 온몸에 오일을 미끄덩미끄덩 바르면서 주물림을 당하면 선우의 몸이 어떤 반응을 일으킬지 보지 않아도 뻔하다.

남들보다 곱절은 큰 그의 청춘이 제 세상 만났다고 미친 듯이 거들먹거릴 것이다.

마사지는 시원하지만 몸의 격한 반응이 염려스러웠다. 여자 마사지사들이 그 꼴을 보면 그를 어떻게 생각하겠는가.

"시원하니까 해."

혜주가 그의 등을 떠밀었다.

"안 할래."

선우가 욕실을 나가려고 하자 혜주가 그의 팔을 잡았다.

"삼촌이 왜 그러는지 알아."

선우는 뜨끔해서 적잖이 당황했다.

"아… 알긴 뭘 알아……."

혜주는 선우의 그곳으로 시선을 내리깔았다.

선우는 칼로 그곳을 찔린 것 같은 충격을 느끼며 얼른 몸을 돌렸다.

"뭘 보냐?"

혜주는 누나가 막냇동생을 타이르듯 다독거렸다.

"얼른 들어가. 그녀들이 알아서 다 해줄 거야. 삼촌은 그냥 눈감고 자면 되는 거야."

선우는 뒤통수를 한 대 얻어맞은 표정을 지었다.

"뭘 해주는데?"

혜주는 대답하지 않고 문을 닫고 나가 버렸다.

30분 후, 선우는 알몸에 가운만 걸친 채 도망치듯이 욕실 밖으로 나왔다.

그는 의자를 뒤로 눕히고 두 다리를 발판 위에 쭉 뻗은 편안한 자세로 누워 있는 혜주 옆에 앉았다.

"앞으로 마사지 받지 않을 거다."

혜주는 눈을 감은 채 중얼거렸다.

"왜?"

"마사지사들이 나한테 무슨 짓을 하려고 했는지 아니?"

"알아."

선우는 발끈했다.

"안다고? 그럼 그거 혜주 네가 시킨 거냐?"

지잉…….

혜주는 의자를 일으키면서 눈을 떴다.

"시킨 게 아니라 그게 그 여자들 임무야."

"나하고 섹스하는 게 임무라는 말이야?"

선우는 조금 언성이 높아졌는데 때마침 승무원이 서빙을 하러 다가온 걸 몰랐다.

승무원은 최고급 와인과 간단한 안주를 묵묵히 선우 앞에 세팅하기 시작했다.

그렇지만 혜주는 개의치 않고 설명했다.

"삼촌에게 섹스 서비스하는 것이 그녀들의 주 임무는 아니지만 임무 중에 하나라고 할 수 있어."

"그런 엉터리 같은……."

선우는 기가 막혀서 말을 잇지 못했다.

"내 말 들어봐, 삼촌."

혜주는 또 막냇동생을 타이르는 듯한 말투가 되었다. 그녀는 승무원이 있는데도 상관하지 않고 제 할 말을 했다.

"삼촌은 스포그의 도련님이야. 장차 재신이 될 엄청난 신분이라는 말이야. 지금도 삼촌은 얼마나 바빠? 지금 삼촌 또래의 청년들은 뭘 하는지 알아? 대학교에 다니거나 직장 생활을 하면서 생활 전체를 연애에 투자하고 있다는 말이야."

혜주의 말은 맞다. 현재의 선우는 인생 전체를 통틀어서 최고의 황금기라고 할 수 있다. 그러므로 선우 또래의 젊은 청춘들은 인생의 황금기에만 할 수 있는 왕성한 연애 활동에 전력투구하고 있는 것이다.

"그렇지만 삼촌은 신강가와 스포그의 황태자야. 그 사람들하고는 태생부터 다른 거야. 삼촌, 스포그 식구가 총 몇 명인지 알고 있어?"

"12,367,789명."

혜주와 승무원은 깜짝 놀라서 선우를 쳐다보았다.

혜주는 앞의 모니터를 두드려 보고 나서 약간 질리는 표정을 지었다.

"정확해."

선우는 매일 컴퓨터로 업무 보고와 결재, 지시 등을 내리면서 스포그의 시시각각 현황을 체크하고 있다.

그것은 만능술사가 아닌 스포그의 도련님으로서 매우 중요한 일이었다.

"삼촌이 그 많은 식구를 통솔하고 챙기려면 사생활을 누릴 여유 같은 게 없어. 그 말은 연애를 할 겨를도 없다는 뜻이고 사사로이 섹스를 할 기회도 없다는 뜻이야."

혜주의 말은 맞다. 그리고 그는 혜주의 말을 듣고서야 비로소 깨달았다.

자신이 틈틈이 시간을 쪼개서 마리와 소희를 만나는 것이 청춘을 잃어버리지 않으려는 무의식중의 안타까운 몸부림이거나 나를 잃어버릴 것에 대한 두려움에서 오는 보상 심리일지도 모른다고 말이다.

"그렇지만 사람은 섹스를 하지 않고는 살아갈 수가 없어. 학술적으로 남녀를 막론하고 섹스를 하지 않으면 미쳐 버리거나 맑은 정신을 지닐 수가 없어. 제정신을 갖자면 신부나 스님이 돼서 정신 수양을 해야지."

혜주는 세상 다 산 할멈처럼 말했다.

하지만 그녀의 이런 지식은 경험이 아닌 책이나 인터넷 등에서 배운 것들이다.

그녀는 최정필 이외에 단 한 번도 이성적으로 남자를 만난 적이 없었다.

그렇다고 최정필하고 섹스를 한 것은 아니다. 그는 어디까지나 이상 속의 남자이고 현실에서는 양아버지일 따름이다.

"삼촌은 수도승이 아니란 말이야. 그래서 삼촌 곁에 아름다운 여자들을 둬서 그 욕구를 충족시켜야만 해. 섹스를 하는 건 죄가 아냐. 젊은 남자가 섹스를 하지 않으면 어떻게 되는지 알지? 몸속에 처리하지 않은 정액이 쌓이고 쌓여서 나중에는 뇌까지 침범할 거야. 삼촌은 천재니까 잘 알겠지."

선우는 혜주의 윗사람이지만 그녀의 말에 반박할 수가 없었다. 그는 지위를 이용하여 무조건 아랫사람을 억압하는 성격이 아니다.

그는 승무원이라도 가주기를 바라는데 그녀는 옆에 다소곳이 서서 꼼짝도 하지 않고 두 사람의 대화를 다 듣고 있었다.

시중을 들기 위해서인데 선우하고 눈이 마주치면 배시시 아름다운 미소를 지었다.

미스코리아 출신만 모아놨는지 이 제트 여객기의 여자들은 하나같이 미인에 쭉쭉빵빵이다.

선우는 그녀의 미소가 가식이 아닌 존경과 진심이 담겨 있다는 것을 알아보았다.

신강가를 보필하는 사람들, 특히 선우를 측근에서 모시는 사람들은 하나같이 가신(家臣)의 가문 사람들이다.

천여 년 전부터 신강가를 모셔온 가신들의 후예인 것이다.

"삼촌, 자위해?"

"너……."

혜주가 너무 노골적으로 물어서 선우는 발끈했다.

"그런 거 하지 않는다."

"나도 하는데 삼촌이 하지 않는다는 거야?"

"너 징말……."

"자위 같은 거 하더라도 삼촌이 직접 하지 마. 품위 떨어져. 그것도 주위의 여자들을 시켜. 그렇지만 될 수 있는 대로 자위하지 말고 여자하고 섹스를 해."

이 지경에 이르자 선우는 더 듣고 싶지 않았다.

혜주는 승무원을 턱으로 가리켰다.

"아까 마사지해 준 여자들도, 그리고 이 여자도 항상 준비가 되어 있으니까 말만 해."

선우는 어이없는 표정으로 혜주와 승무원을 번갈아 쳐다보았지만 말문이 막혀서 아무 말도 하지 못했다.

혜주는 확인이라도 시켜주려는 듯 승무원에게 대놓고 물었다.

"당신은 도련님을 기쁘게 해드릴 준비가 되어 있나요?"

승무원은 화사한 미소를 지으며 고개를 숙였다.

"도련님의 성은을 입을 수만 있다면 가문과 저 개인의 무상의 영광입니다."

혜주가 승무원에게 물었다.

"당신은 몇 대(代)인가요?"

"팔대호신가(八代護神家) 송보가(宋保家)의 직계 혈통 삼대(三代)입니다."

천여 년 동안 대대로 신강가를 호위해 오고 있는 여덟 개의 가문을 팔대호신가라고 한다.

그중에서 송보가는 주로 신강가의 숙식과 탈것을 담당하는데 보잉757을 조종하는 조종사부터 마사지사, 승무원들은 모두 송보가 사람들이다. 즉, 송보가는 다 송씨(宋氏) 일족으로 이루어져 있다.

송보가의 현존하는 가주(家主)가 일대(一代)이고 그 직계 아들과 딸이 이대(二代), 그 아래 자손이 삼대, 형제와 조카로 뻗어나가는 방계(傍系)는 사대(四代)로 시작된다.

그런데 이 승무원은 송보가 가주의 직계 손녀라는 것이다.

원래 팔대호신가의 직계 혈통은 수십 명 내외이고 방계가 수백 혹은 수천 명에 달한다.

송씨라고 해서 다 팔대호신가 송보가가 아니다. 그런 송씨를 따로 '호신송씨'라고 부른다.

직계 정도 돼야지만 신강가의 도련님을 지금처럼 측근에서 모실 자격이 있다.

혜주는 팔대호신가 '호신민씨'의 직계 일대이고 집사인 오진훈도 팔대호신가 '호신오씨'의 일대다.

혜주는 일대인 아버지가 죽고 엄마가 세습을 포기했기 때문에 일대의 지위를 승계한 것이다.

혜주가 승무원에게 명령했다.

"지금부터 방콕에 도착할 때까지 당신이 도련님을 극진히 모시도록 하세요."

승무원은 깜짝 놀라더니 감격한 표정으로 허리를 굽혔다.

"감사합니다."

그러나 선우가 손을 저었다.

"됐어. 나는 첫 동정만큼은 사랑하는 여자에게 주고 싶다."

혜주는 깜짝 놀랐다.

"삼촌, 숫총각이야?"

선우는 쑥스러운 표정을 지었다. 당황해서 극비 사항을 발설하고 말았다. 남자가 이 나이에 숫총각이라는 사실은 조금 창피한 일이다.

"그래."

"23살에 동정이라니… 말도 안 돼."

"그만해라."

선우는 벌떡 일어나서 침실로 향했다. 방콕에 도착하기 전에 조금이라도 자둘 생각이다.

혜주가 승무원에게 눈짓을 하자 그녀가 재빨리 선우 뒤를 따라갔다.

"제가 모시겠습니다."

"괜찮아요."

"도련님, 비서님의 명령인데 따르지 못하면 저는……."

선우는 부드럽게 미소 지었다.

"나와 비서 중에 누구 명령이 더 중합니까?"

"……"

선우는 침실 안으로 들어가서 문을 잠가 버렸다.

승무원은 저만치에 앉아 있는 혜주를 쳐다보며 어떻게 해야 하는지 표정으로 물었지만 그녀는 모르는 체 딴청을 부리고 있다.

모르긴 해도 승무원이 혜주의 명령, 즉 도련님을 모시지 못한다면 좌천될 것이 분명하다.

딸깍……

혜주는 선우의 침실 문이 살짝 열리는 것을 보았으나 모른 체하고 계속 자는 시늉을 했다.

승무원은 선우의 침실 문 앞에 줄곧 서 있다가 문이 열리고 선우가 들어오라는 손짓을 하자 기쁜 표정으로 얼른 안으로 들어갔다.

혜주는 그걸 보고 배시시 미소 지으면서 비로소 본격적으로 자기 시작했다.

선우는 옷을 벗으려고 하는 승무원을 만류하고 속삭였다.

"당신은 여기에서 좀 쉬다가 나가도록 해요."

"……"

승무원은 선우의 말뜻을 즉시 알아차렸다.

선우를 모시라는 혜주의 명령을 승무원이 이행하지 못한 것 때문에 불이익을 당할까 봐 선우가 임기응변을 발휘하고 있다는 사실을 말이다.

"민 비서는 앞뒤가 꽉 막혔어요."

선우는 먼저 침대로 올라가서 옷을 입은 상태로 누웠다.

제트여객기 안이다 보니까 일반 침실처럼 크지 않은 데다 실내에 침대 하나 있는 게 전부라서 쉴 수 있는 곳이라야 침대뿐이었다.

"와서 누워요."

선우는 침대 한쪽에 누워서 옆자리를 가리켰다.

승무원은 선우의 말을 오해하지 않았다. 팔대호신가 사람들은 장차 재신이 될 도련님에 대해서는 모든 것을 달달 외우다시피 인지하고 있어야만 하기 때문에 이 승무원도 선우의 성격에 대해서 잘 알고 있다.

그가 승무원더러 침대에 와서 누우라고 하면 단지 잠시 누워서 쉬다가 나가라는 뜻이다.

승무원은 부스럭거리면서 조심스럽게 침대에 올라가 선우 옆에 나란히 누웠다.

승무원은 감히 선우의 얼굴을 쳐다보지도 못하고 천장을 보면서 조심스럽게 말했다.

"영광입니다."

선우는 빙그레 미소 지었다.

"이름이 뭡니까?"

"송자연입니다."

선우는 손을 뻗어 송자연의 손을 부드럽게 잡았다.

"자연 씨, 잡시다."

틱······.

선우는 리모컨으로 불을 껐다.

두 사람은 손만 잡고 잤다.

선우는 방콕에 도착하여 탁싱 태국 총리와 저녁 식사를 했다.

그 자리에서 선우는 자신의 부탁을 들어준 데 대하여 감사를 표시했으며 그 대가를 넘치도록 지불했다.

즉, 미얀마에서 철수하게 되는 모든 사업을 태국으로 옮기겠다고 약속한 것이다.

탁싱 총리는 아무런 조건도 없이 선우의 부탁을 선뜻 들어준 보답을 기대 이상으로 받았다.

그리고 미얀마의 아웅산 수지 여사는 그동안 막대한 원조와 투자를 받고서도 욕심을 부렸다가 그 대가를 톡톡히 치렀다.

선우가 탁싱 총리와 저녁 식사를 하고 있는 동안에도 혜주의 휴대폰이 쉴 새 없이 울렸다.

아웅산 수지 여사와 미얀마 대통령이 교대로 줄기차게 전화를 해대고 있는 것이다.

그러나 혜주는 전화를 받지 않았다.

선우는 은원, 즉 은혜와 원한이 분명한 성격이다.

＊　　　　＊　　　　＊

5월 18일 오전.

마리는 모르는 번호의 전화를 받았다.

―유마리 씨입니까?

"네, 그런데 누구시죠?"

상대의 걸걸한 목소리에 마리는 조금 긴장했다.

―하명수라고 합니다.

마리로서는 처음 들어보는 이름이다.

"누구신지 모르겠는데요?"

―HMS엔터테인먼트의 하명수라고 모르십니까?

"아……."

HMS엔터테인먼트라는 말을 듣는 순간 마리 입에서 낮은 탄성이 흘러나왔다.

대한민국을 대표하는 3대 연예 기획사가 있는데 그중에 하나가 HMS엔터테인먼트, 줄여서 'HMS기획'이라고 한다. 거기

대표가 바로 하명수다.

마리도 하명수라는 이름은 귀가 따갑게 들어봤었지만 설마 HMS의 대표 하명수가 자신에게 전화했을 거라고는 상상도 못 했기 때문에 처음 들어보는 이름이라고 생각했다.

"정말 하명수 씨인가요?"

그렇게 물어볼 수밖에 없다. 대한민국 연예계 빅3 중에 하나인 HMS에서 그것도 직원이 아닌 대표가 마리에게 직접 전화를 걸었으니 이건 거짓 전화일 확률이 99%다.

─하명수 맞습니다.

"그런데 무슨 일로 저에게……."

하명수는 단도직입적으로 용건을 말했다.

─'내가 사는 이유'라는 노래, 유마리 씨 것 맞습니까?

"어떤 노래 말씀인가요?"

마리는 무척이나 냉정한 성격이지만 지금은 도무지 정신을 차릴 수가 없었다.

그녀가 '내가 사는 이유'라는 노래를 만든 건 사실이지만 설마 그녀의 노래 때문에 하명수가 전화를 했을 리가 없다. 뭔가 착오가 있을 것이라고 생각했다.

그런데 하명수가 직접 '내가 사는 이유'를 부르기 시작했다. 가장 애절한 후렴구다.

─아아~~ 내가 살아가는 이유는~ 나는 잠수부이고 네가

산소통이라는 법칙 아래 가능한 거야. 가능한 거야~~

옛날 대학 가요제 출신답게 하명수는 제법 노래를 잘했다.

들어보니까 마리의 노래가 맞다.

"제 노래 맞는데……."

─유마리 씨가 만들었습니까?

"네, 그런데 이 노래를 어디에서 들었습니까?"

─내 후배가 연예 기획사를 하는데 청담동에 있는 PMK라고, 거기에서 우연히 들었어요.

"네……."

선우를 처음 만난 날 마리는 그의 포르쉐를 타고 청담동 PMK기획사에 오디션을 보러 갔었다.

약속 시간보다 많이 늦었는데도 PMK 대표가 일 층 현관까지 나와서 그녀를 데리고 올라갔었다.

그날 오디션에서 떨어졌는데 설마 HMS의 하명수가 '내가 사는 이유'를 들었을 거라고는 상상도 할 수 없는 일이다.

─노래가 무척 애조 어리고 아주 마음에 들었어요.

마리는 가슴이 두근거렸다. 여배우 안소희가 대학 1학년 때 길거리 캐스팅을 당했으며, 또 아무개는 어느 날 갑자기 신데렐라가 됐다는 얘기가 갑자기 생각났다.

─회사에 한번 나와서 직접 그 노래를 들려줄 수 있나요? 아니, 다른 노래도 있으면 들려주세요.

"아아……."

—여보세요? 유마리 씨?

"네……."

—괜찮으세요?

"아… 네……."

—내일 회사에 올 수 있겠습니까?

"내일요?"

—준비가 필요하면 며칠 늦어도 괜찮아요.

"아… 아니에요. 내일 가겠어요……!"

—기다리겠어요. 회사 약도하고 주소 메일로 보낼게요.

"아… 네."

통화가 끊어졌는데도 마리는 휴대폰을 두 손으로 쥔 채 베란다 테이블 앞에 한참이나 앉아 있었다.

"설마 꿈일까?"

문득 그런 생각이 들었다. 이건 절대로 현실에서 일어날 수 없는 일이다.

그녀는 손가락으로 뺨을 힘주어서 꼬집었다.

"아……."

아주 아프다. 하필 손톱으로 꼬집은 탓에 살점이 떨어져 나갈 것만 같았다.

꿈이 아니다. 마리는 너무나 기쁘고 가슴이 두근거려서 오랫동안 그 자리에서 일어나지 못했다.

그러면서 제일 먼저 선우가 생각났다. 이 기쁜 소식을 제일 먼저 그에게 알리고 싶었다. 하지만 그는 집에 없다. 어젯밤에도 들어오지 않았다. 거실에 앉아 있으면 선우네 집 현관문 여닫는 소리가 잘 들렸다.

제16장
개망나니 길들이기

선우는 김포공항에서 파라다이스맨션으로 돌아오는 차 안에서 하명수의 전화를 받았다.

―여어, 골드핑거! 의뢰 완료했네.

선우는 늘 하명수의 의뢰를 받아왔지만 이번에는 선우가 그에게 의뢰, 아니, 부탁을 했다.

"감사합니다."

―이거 어색하게 왜 이러나, 골드핑거? 자넨 내 의뢰 숱하게 해주었는데 나는 이까짓 거 하나 해주고 절 받아야 하는 거야, 뭐야? 우리 사이에 정말 섭섭하게 이럴 건가?

하명수는 선우하고 친하면서도 늘 그를 골드핑거라고 부른다.

"죄송합니다."

—유마리 씨 내일 회사로 나온다고 했네. 그런데 말이야, 자네가 나한테 준 노래 있잖아.

"내가 사는 이유입니다."

—그래, 그거. 노래 괜찮던데?

하명수가 마리 노래를 칭찬하니까 어쩐지 선우가 기분이 좋아졌다.

"그렇죠?"

—자네 부탁 때문이 아니라 내가 한번 밀어봐야겠어. 요즘 그런 노래가 먹힐지 모르겠지만 말이야.

"하 대표님, 아이돌만 키우실 겁니까? 유마리 씨 노래는 진짜 음악이라고요."

선우는 술에 취한 마리가 아이돌만 키우는 요즘 연예 기획사들을 성토했던 말을 기억하고 있다. 그는 마리의 말이 어느 정도는 맞는다고 생각했다.

—그런 것 같아. 그런데 말이야, 그놈에 대표 소리 언제쯤 안 할 텐가? 우리 호형호제하기로 하지 않았나?

선우는 술자리에서 하명수와 호형호제하기로 했었고 몇 번 술을 같이 마시고는 꽤 친해졌다.

그렇지만 하명수 나이가 50살이 넘었기에 호형하는 것이 좀 어색해서 그렇다.

"죄송합니다, 형님. 어쨌든 유마리 씨 노래, 형님께서 냉정하게 평가해서 가능성이 있다고 생각하시면 밀어주십시오."

하명수는 마리의 '내가 사는 이유'를 선우가 복사해서 준 USB로 들었다.

선우는 얼마 전에 마리가 자신의 집 현관 키를 누를 때 본 비밀번호가 그녀의 생일일 거라고 짐작했다.

그것에 의하면 오늘 5월 18일이 마리의 생일이라서 작은 이벤트를 준비해 두었던 것이다.

즉, HMS의 대표인 하명수가 마리에게 직접 전화를 걸어서 스카우트를 하는 선물이다.

물론 선우는 억지로 마리를 데뷔시켜 달라는 게 아니다. 하명수가 노래를 들어보고 괜찮아야 한다는 조건을 달았다.

선우는 마리의 '내가 사는 이유'가 정말 마음에 들었다. 그래서 하명수에게 USB를 주면서도 자신이 있었다.

다행히 하명수는 '내가 사는 이유'가 괜찮은 노래라고 했다. 그는 전문가이기 때문에 한 번 들어보면 대번에 안다.

—알았네. 그건 그렇고 말이야.

"말씀하십시오."

벤틀리 뮬산 스피드 뒷자리에 나란히 앉은 선우는 전화 통화를 하고 혜주는 열심히 노트북을 두드리고 있다.

─샤론 있잖아.

"네."

선우는 하명수가 샤론 얘기를 할 거라고 짐작하고 있었다.

선우가 뒤집혀서 표류하던 요트에서 극적으로 샤론 가족을 구하고는 홀연히 사라졌기 때문이다.

더구나 샤론은 하명수가 애지중지하는 보물이다.

─샤론 아빠 하먼 씨가 그러는데 자네 헬기와 비행기 여러 대에 배도 수십 척 동원했다던데 사실인가?

"그렇습니다."

─그런데 고작 2천만 원 받아서 되겠나? 내 충분히 주겠네. 샤론 같은 보물을 구해주었으니까 몇 억도 아깝지 않네.

선우는 하명수에게 의뢰비 천만 원에 보너스 천만 원, 도합 2천만 원을 받았다. 아니, 하명수가 선우의 계좌 번호로 돈을 보냈었다.

샤론 가족을 구하느라 든 경비로 치자면 최소한 3억 이상은 들었다. 그러니까 샤론 의뢰는 적자였다.

하명수가 생각하기에도 비행기와 배들을 그 정도 동원했으면 족히 수억 원은 들었을 것이다.

"됐습니다."

─그럼 자네가 손해일 텐데…….

"형님, 사람이 돈을 벌 때도 있고 쓸 때도 있는 겁니다."

—그래도 자네가 겨우 2천만 원 벌자고 수억 원을 손해 본다면 내가 미안해서…….

"형님, 전화 끊습니다."

—아… 알았네. 하여튼 고집하고는.

이래서 하명수는 선우를 좋아하지 않고는 못 배기는 것이다.

선우가 돈을 벌자고 만능술사 일을 하는 게 아니라는 걸 알고 있으니까 말이다.

하명수는 진짜 본론을 말했다.

—자네, 샤론네 가족 한번 만나주면 안 되겠나?

역시 선우가 예상했던 일이다. 그 일은 다른 의뢰하고는 달리 한 가족 4명의 생명을 구해주었다.

샤론네 가족으로 볼 때는 의뢰비와 보너스 2천만 원 주고서 끝낼 일이 아니었다.

그렇지만 선우는 자꾸 연예인하고, 특히 여자 연예인하고 엮이는 게 께름칙했다.

소희하고의 첫 키스 사건 때문에 이미 큰 곤욕을 치르고 있는 중이지 않은가.

—자네에겐 그저 의뢰일지 모르지만 그 사람들에게 자넨 생명의 은인이야. 지금처럼 이런 식으로 자넬 만나지도 못한 채 살아간다면 그 사람들 밥이 목에 넘어가지도 않을 거고 잠

도 못 잘 거야.

그건 하명수 말이 맞다. 또한 마리 일을 부탁한 것도 있으니까 이번 일은 하명수의 부탁을 들어주는 게 좋다.

"알겠습니다."

하명수의 목소리가 밝아졌다.

─그래, 내가 날짜와 시간을 잡겠네.

"그러십시오."

선우는 통화를 끝내고 한남동 골목 아래에서 벤틀리를 내리기 전에 혜주에게 말했다.

"혜주야, 정기 총회 말이야."

"장소 정했어?"

"배에서 하면 어떻겠니?"

"배? 요트?"

"그래."

"정기 총회를 하려면 슈퍼 요트 정도로는 안 되겠고 메가 요트 정도는 있어야겠지?"

선우는 고개를 끄떡였다.

"준비해."

"알았어."

척!

선우가 차에서 내리자 혜주도 따라 내려서 그의 앞으로 다가와서 마주 섰다.

혜주는 친근하게 선우의 옷깃을 매만져 주었다.

"비행기에서 그녀하고 섹스 안 한 거 알고 있어."

선우는 머쓱한 표정을 지었다.

"삼촌, 이거 진심으로 하는 말이야."

선우는 그녀가 무슨 말을 하려는 것인지 짐작했다.

"규칙적으로 섹스하도록 해. 삼촌만 괜찮으면 적당한 장소에 가녀(家女)들을 대기시켜 놓을 테니까 언제든지 이용해. 처음이 어렵지 한 번 길을 뚫어놓으면 괜찮아질 거야."

"혜주야."

"삼촌, 나는 크게 보는 거야. 삼촌이 섹스를 참다가 욕구불만 같은 걸로 큰일을 그르치게 될 수도 있어."

"음."

"여자 몸에 성기 삽입 하고 정액을 방출하면 되는 거야. 뭘 어렵게 생각해? 그러면 욕구가 해소되고 불만도 생기지 않아. 그래야지만 스포그가 안전하게 굴러가는 거고."

혜주는 소희와 미아하고 비교해도 절대로 뒤지지 않는, 아니, 오히려 세련미 쪽으로는 타의 추종을 불허할 정도의 완숙미를 지니고 있다.

그런 그녀가 '성기'니 '삽입' 같은 말을 서슴없이 하는 것이 선우는 새삼스럽게 느껴졌다.

지금 당장 파리 시내에 데려다놔도 많은 사람의 이목을 집중시킬 것 같은 패션과 미모의 혜주가 최고급 벤틀리 앞에서 선우의 옷깃을 여며주고 손을 잡는 광경은 사람들의 시선을 끌기에 부족함이 없었다.

"넌 섹스를 하지 않으면서도 큰일들을 잘 처리하고 있잖아."

"자위를 하잖아, 자위."

혜주는 그런 말을 하면서도 조금도 부끄러워하지 않았다.

"나는 자기 전에 한 번 아침에 일어나서 한 번 하루에 두 번 자위를 하지 않으면 그날은 컨디션 제로야."

선우는 혜주가 이렇게까지 말하는데 자신이 계속 반발하면 그녀의 잔소리가 도무지 끝날 것 같지 않아서 대충 고개를 끄덕였다.

"알았어."

혜주는 눈을 빛내면서 미소 지었다.

"그래야 착하지. 가녀들 배치시킨 다음에 삼촌한테 연락할게."

혜주는 벤틀리 뒷자리에 타고 선우가 문을 닫았다.

붕…….

벤틀리가 어둠 속으로 사라지는 것을 보고 돌아서려던 선우는 무언가를 발견하고 흠칫 놀랐다.

대로에서 골목으로 접어드는 저만치에 한 여자가 서서 선우를 바라보고 있었다.

선우는 그녀가 파라다이스맨션 201호 여작가 손연수라는 것을 알아보았다.

손연수는 선우와 혜주가 벤틀리 앞에서 대화를 나누는 것을 지켜보고 있었던 것 같다.

그렇지만 선우는 개의치 않았다. 그녀가 선우의 어떤 모습을 보든지 그녀하고는 상관이 없는 일이다.

선우는 손연수에게 한쪽 손을 들면서 미소 지었다.

"안녕하세요."

손연수는 움찔 놀라더니 인사를 하는 건지 마는 건지 서둘러서 골목길 안으로 바삐 걸어가기 시작했다.

선우도 규칙적인 걸음으로 걸었다.

20대 후반이나 30대 초반쯤으로 보이는 손연수는 한 번도 뒤돌아보지 않고 빠른 걸음으로 종종거리며 걸었다.

선우는 이미 손연수를 잊고 다른 생각을 하면서 비스듬한 언덕길을 올라갔다.

굳이 손연수가 아니더라도 그는 생각할 것이 지독히도 많은 편이라서 잠시도 머리가 쉴 틈이 없다.

부우우…….

청바지 주머니의 휴대폰이 진동했다.

혹시 소희가 아닐까 하고 휴대폰을 꺼내 들었다.

소희가 그렇게 전화를 많이 했을 때는 하루에 한 번도 받을까 말까 했었는데 지금은 희한하게도 그가 소희 전화를 기다리는 신세가 되었다.

다른 뜻이 있는 게 아니라 그날 소희의 키스를 그런 식으로 받아들여서 망쳐 버렸기 때문이다.

문득 선우는 왜 자신이 잘못한 것인지 생각해 보았다. 휴대폰을 꺼내서 손에 쥐고는 누군지 확인도 하지 않은 채 우두커니 서서 생각에 잠겼다.

소희가 입술을 비비고 선우의 입속으로 혀를 밀어 넣자 그는 혀를 힘차게 빨다가 깜빡 정신을 잃었다.

아니, 정확히 말하자면 정신은 말짱했지만 지나치게 흥분한 탓에 흥분된 감정이 이성을 꺾어버렸던 것이다.

'그렇게 깊은 키스를 하면 흥분하는 것이 당연한데…….'

속으로 중얼거리다가 그는 어떤 사실을 깨달았다. 소희도 그런 것에 대해서는 숙맥이라는 것이다.

그러니까 당황해서 선우더러 짐승이라고 하며 눈물을 흘렸던 것이다.

'모든 남자가 그런 상황에서 이성을 잃을 정도로 흥분하는 것일까?'

그렇지는 않을 것이다. 여자하고 키스를 할 때 남자들이 다 이성을 잃는다면 세상은 그야말로 엉망진창이 돼버리고 말 것이다.

문득 혜주의 말이 생각났다.

그녀는 선우 나이 또래의 남자들이 연애 활동을 왕성하게 하면서 욕정을 푼다고 말했었다.

하지만 선우는 숫총각으로 아직 단 한 번도 여자 경험이 없다.

그렇기 때문에 여자의 키스 한 번에 이성을 잃을 정도로 흥분해 버리고 만 것일지도 모른다.

만약 규칙적으로 섹스를 했었다면 소희가 키스를 해왔어도 절대로 흥분하지 않고 냉정하게 아니면 적당한 선에서 끝낼 수 있었을 것이다.

키스가 아니라 어떤 중대한 사안에 부닥친 상황에서 흥분하는 것처럼 정신이 분산되거나 명료한 정신 상태가 되지 못한다면 신강가나 스포그의 중요한 결정 사항을 망쳐 버리는 일이 발생할지도 모른다.

그렇다면 결국 혜주의 말도 안 되는 것 같은 이론이 맞다는 것인가.

부우우…….

선우는 손 안에서 휴대폰이 계속 진동하고 있는 것을 깨닫고 얼른 들어 올렸다.

그런데 뜻밖에도 미아다.

"어… 미아."

―꺄아악! 오빠!

미아는 환호성부터 터뜨렸다.

"왜 그러니?"

선우는 다시 걷기 시작했다.

―오빠하고 전화 통화 처음 하는 거라서 너무 기뻐요!

미아는 소희하고 닮은 데가 많은 편이다.

국내 최정상급 톱스타 아이돌이라는 것과 키가 크며 늘씬하고 탱탱한 베이글이라는 신체 조건, 순진하면서도 밝고 명랑한 성격이라는 것, 선우를 오빠라고 부르면서 잘 따른다는 점들이 그렇다.

그렇지만 두 여자는 아주 중요한 한 가지가 다르다.

미아는 다정다감하면서 상대를 잘 배려하는 성격이고 소희는 철모르는 아이처럼 응석 부리기를 잘한다.

말하자면 둘 다 귀여운데 미아는 조금 어른스럽고 소희는 철부지 같다는 것이다.

―오빠, 지금 뭐 해요?

"응. 집에 들어가는 중이야."

―집이 어딘데요?

"서울."

―피이…….

미아가 귀엽게 입술을 삐죽거리는 게 눈에 보이는 것 같았다.

―저는 한남동이에요.

"응? 한남동 어디?"

선우는 한남동이라는 말에 주위를 두리번거렸다.

―스카이파크 201호예요.

선우는 '한남동'이라는 말에 미아가 근처에 있는 것으로 착각을 해서 물었던 것인데, 그녀는 순진하게도 자신이 사는 빌라의 동, 호수까지 친절하게 대답했다.

대한민국에서 미아가 선우를 믿지 못한다면 아무도 믿지 못할 것이다.

스카이파크라면 선우도 알고 있다. 거긴 한남동 최고 부촌이다. 천지그룹 막내아들 현성진의 세컨 하우스인 리버힐빌라도 그 근처에 있었다.

―오실래요?

그렇게 묻는 미아의 목소리가 기대로 넘치는 것이 선우에게 느껴졌다.

"혼자 있니?"

―네… 저… 혼자 있어요.

다른 뜻으로 물은 게 아닌데 미아는 부끄러운 듯이 작은 목소리로 대답했다.

선우는 피식 실소를 흘렸다.

"너 혼자 있는데 나더러 오라는 거니?"

─오… 빤데 뭐 어때요?

"됐다. 나중에 놀러갈게."

─나중에 언제요? 내일?

그냥 '나중'이라고 둘러댄 말에 미아는 기대하면서 목숨을 걸듯이 물었다.

그야말로 순진함의 끝장이다.

하긴 우리나라 사람들은 지나가는 말로 '언제 밥 한번 먹읍시다'라고 하지만 외국에서 그런 식으로 말하면 상대가 그 말을 곧이곧대로 믿고는 언젠가 식사를 하게 되기를 오매불망 기다린다고 한다.

통화를 하다 보니까 어느덧 저 앞에 파라다이스맨션이 보였다.

─선우 오빠.

"왜?"

─저 오빠 보고 싶어요.

미아는 무슨 말을 하더라도 그럴 때의 표정이 눈에 선하게 보이는 것 같다.

"그래, 나도 보고 싶다."

─정말요? 오빠도 저 보고 싶어요?

미아의 목소리에서 샘물이 펑펑 솟구치는 것 같다.

선우는 자신의 별 뜻 없는 한마디와 행동에 미아가 일희일

비한다는 것을 깨달았다. 그래서 자신이 언행을 조심해야겠다는 생각이 들었다.

"어… 그래."

별 뜻 없이 한 말이었지만 미아가 오해한 것 같아서 그는 어눌하게 대답했다.

그런데 미아가 생뚱맞은 제안을 했다.

─오빠, 우리 치맥 먹을까요?

"나중에 먹자."

─네.

이럴 때 소희라면 떼를 쓸 텐데 미아는 고분고분했다.

"미아야, 또 통화하자."

─네, 오빠. 안녕히 주무세요.

선우는 미아 목소리에 아쉬움이 짙게 배어 있는 것을 느꼈지만 전화를 끊었다.

휴대폰을 청바지 주머니에 넣으려던 선우는 어느덧 파라다이스맨션 입구에 도착해 있었다.

그런데 건물 입구 계단 아래에 여작가 손연수가 우두커니 서서 그를 물끄러미 응시하고 있는 게 아닌가.

선우는 자신이 미아하고 통화하는 것을 손연수가 들었을지도 모른다고 직감했다.

선우는 미아하고 통화하면서 별다른 말을 하지 않았지만

그가 말하는 내용을 들어보면 여자하고 통화했다는 것을 짐작할 수 있을 것이다.

그런데 선우는 큰 소리로 말하지도 않았는데 손연수가 그걸 들었을까? 어쨌든 선우는 아무런 생각 없이 말했던 것만은 분명하다.

그러다가 선우는 문득 자신이 쓸데없는 염려를 한다는 생각이 들어서 쓴웃음이 났다.

손연수가 그의 통화를 들었든 말든 도대체 그게 무슨 상관이라는 말인가.

선우가 빙긋 미소를 지으면서 현관으로 향하자 손연수는 차갑게 홱 돌아서더니 빠른 걸음으로 계단을 올라갔다.

선우가 계단을 올라가기 시작할 때 이 층 계단의 센서 등이 켜지더니 곧 현관문 닫는 소리가 세게 들렸다.

쿵!

사람들은 이런 밤에는 보통 문을 살살 여닫는데 손연수는 화가 난 사람처럼 행동을 했다.

선우는 201호 앞을 지나면서 고개를 갸웃거렸다. 손연수가 무엇 때문에 화가 났는지 모를 일이다.

화를 내든 말든 상관이 없는데 괜히 신경이 쓰였다.

선우는 계단을 오르는 내내 마리의 노래를 들었다.

'내가 사는 이유'다. 작은 방 음악실에서 부르는 거지만 선우의 귀에는 또렷하게 들렸다.

HMS엔터테인먼트 대표 하명수의 말로는 내일 마리가 회사에 오기로 했다는데 아마 내일을 대비해서 노래 연습을 하는 모양이다.

선우는 현관 앞에 서서 잠시 동안 눈을 감고 마리의 노래를 들었다.

이 노래는 언제 들어도 가슴이 촉촉하게 적셔지는 듯한 좋은 노래다.

그는 마리를 방해하지 않으려고 조심스럽게 현관문을 열고 집으로 들어갔다.

선우는 씻고 안방 침대에 누웠다. 그는 잘 때 팬티만 입고 자는 버릇이 있었다.

뭐니 뭐니 해도 내 집이 최고다. 집에 와서 초라하지만 정 들었던 침대에 누우니까 한꺼번에 피로가 몰려왔다.

눈을 감고 있으니까 마리의 노래가 계속 들려왔다.

그녀의 음악실 문과 현관문, 그리고 선우네 현관문과 안방 문까지 해서 모두 4개의 문이 가로막혀 있는데도 노랫소리가 아주 잘 들렸다.

선우는 마리의 노래를 자장가 삼아서 모처럼 만에 깊이 숙면을 취할 수 있었다.

다음 날 오전에 마리는 외출을 하려고 현관문을 나섰다.

계단을 내려가기 전에 그녀는 걸음을 멈추고 선우네 402호 현관문을 바라보았다.

그가 집에 돌아오는 소리를 듣지는 못했지만 왠지 그가 집에 있을 것 같은 느낌이 들었다.

마리는 선우네 현관문 앞에 잠시 서 있었다. 그녀는 어제 느닷없이 대한민국을 대표하는 HMS기획사 대표가 직접 자신에게 전화를 해서 노래가 좋다면서 회사로 찾아오라고 했다는 말을 제일 먼저 선우에게 전해주고 싶었다.

그렇지만 잠시 망설이던 그녀는 그냥 계단을 내려갔다. 선우가 일 때문에 먼 지방 같은 곳에 갔다가 어젯밤에 늦게 돌아왔다면 아직도 자고 있을 거라고 생각한 것이다.

오전 10시가 넘어서야 잠에서 깨어 거실로 나온 선우는 시원한 물을 꺼내 두 컵이나 들이켰다.

그런데 그때 현관 밖에서 번호 키 누르는 소리가 들려왔다.

띠띠띠… 띠이… 띠띠…….

그런데 선우네 번호 키도 아니고 마리네 것도 아니다. 선우네 것과 마리네 것의 정확한 번호를 눌렀을 때의 고유한 음률을 그는 잘 알고 있다.

"이런 X 같은……."

그런데 현관문 밖에서 남자가 중얼거리면서 욕하는 목소리가 들렸다.

그리고 그 목소리를 듣는 순간 선우는 한 사람의 모습이 번뜩 떠올랐다.

'마리 씨 오빠?'

목소리를 듣고 선우는 지금 번호 키를 누르고 있는 사람이 마리의 오빠라고 직감했다.

마리가 알바하는 곳까지 찾아와서 돈을 뜯어갔던, 그리고 그를 태운 중고 소형차를 운전하던 여자를 가차 없이 때리면서 술집에라도 나가서 돈을 벌어오라고 악을 썼던 바로 그 개차반 오빠가 맞다.

"아… X팔, 도대체 비밀번호가 뭐야?"

그는 마리네 현관 번호 키를 누르고 있는 모양이다. 그런데 번호가 맞지 않으니까 욕을 하면서 화를 내고 있었다.

아무래도 마리는 집에 없는 것 같다. 집에 있었으면 벌써 나와봤을 것이다.

"오… 그래."

마리 오빠는 무슨 생각을 했는지 다시 번호 키를 누르기 시작했다.

띠이… 띠띠… 띠띠…….

그런데 선우가 알고 있는 마리네 현관 번호 키 비밀번호 누르는 음률이 들렸다.

마리 오빠가 마리 생일이 비밀번호일지도 모른다고 생각한 모양이다.

"핫핫! 앗싸라비야!"

철컥!

마리 오빠가 환호하면서 현관문을 여는 소리가 들릴 때 선우는 문을 열고 밖으로 나가고 있었다.

마리 오빠가 맞았다. 그는 마리네 현관문을 열고 있었다.

그런데 거기에는 마리 오빠만 있는 것이 아니라 그 당시에 차 안에서 마리 오빠에게 얼굴을 맞고 피를 흘렸던 여자도 같이 있었다.

두 사람은 선우가 갑자기 문을 열고 나오자 깜짝 놀랐다.

"앗!"

머리를 뒤로 묶고 헐렁한 티셔츠를 입은 22~23살 정도의 여자는 도둑질을 하다가 들킨 것처럼 소스라치게 놀랐다.

하지만 마리 오빠는 문을 열고 들어가려다가 멈추고 '뭐야?' 하는 얼굴로 선우를 쳐다보았다.

마리 오빠는 대수롭지 않은 듯 여자에게 신경질을 부렸다.

"뭐 하는 거야? 얼른 들어와."

그러나 여자는 선우를 보면서 당황할 뿐 움직이지 못했다.

선우는 당당하게 버티고 서서 마리 오빠에게 물었다.

"무슨 일입니까?"

마리 오빠는 조금 움찔했으나 꿀릴 것 없다는 듯 대꾸했다.

"여긴 내 동생 집이요."

"마리 씨 있습니까?"

"어……."

마리 오빠는 멈칫하더니 또 당당해졌다. 놀라거나 당황했다가도 곧 뻔뻔스러워지는 것이 그의 성격인 것 같았다.

"나는 마리 오빠요. 마리는 없는데 나더러 집에 들어가서 기다리라고 했수다."

한껏 껄렁거리는 말투다. 건달은 못 되고 건달 흉내를 내는 것으로 보였다.

그러면서 그는 여자에게 눈을 부라리더니 그녀의 손을 잡고 마리네 집 안으로 잡아끌었다.

"잠깐 기다리십시오."

선우는 앞으로 걸어가서 마리 오빠의 팔을 잡았다.

"어… 뭐야, 이거?"

마리 오빠가 움찔 놀랐지만 상관하지 않고 그를 현관 밖으로 끌어내고 마리네 현관문을 닫았다.

쿵!

마리 오빠는 선우의 행동에 노골적으로 불쾌한 표정을 지으며 따지고 들었다.

"지금 뭐 하는 거요?"

선우는 현관문을 등지고 휴대폰을 꺼내 마리의 단축키 5번을 눌렀다.

"마리 씨에게 확인하는 겁니다."

"어……."

마리 오빠가 와락 인상을 썼다.

"마리 씨가 당신을 집에 들어가도 된다고 허락하면 물러나겠습니다."

"이런 X팔! 당신이 뭔데 그래?"

마침내 마리 오빠는 본색을 드러내 아무렇지도 않게 욕설을 토해냈다.

선우는 마리 오빠가 대뜸 욕을 하자 얼굴이 굳어졌다.

"욕하지 마세요."

그러면서 휴대폰을 귀로 가져갔다.

"야! 이 X팔! 저리 안 비켜?"

마리 오빠가 선우에게 욕을 하면서 앞으로 다가설 때 마리가 전화를 받았다.

—선우 씨, 어디예요?

"집입니다."

—저 지금 어디에 가고 있는지 알아요?

마리는 참고 참았던 자랑부터 시작했다.

그때 마리 오빠가 선우의 얼굴을 향해 냅다 주먹을 휘둘렀다.

"이 개새끼가!"

휘익!

선우는 왼손으로 아주 가볍게 마리 오빠의 팔을 잡으면서 마리에게 말했다.

"마리 씨, 지금 오빠가 마리 씨 집 현관 앞에 와 있습니다."

─…….

막 자랑을 하려던 마리가 입을 다물었다. 그녀가 놀라는 표정이 선우 눈에 보이는 것 같았다.

"비밀번호를 알고 현관문을 열었기에 내가 제지했습니다. 어떻게 할까요?"

마리 오빠는 선우에게 잡힌 팔을 빼려고 몸부림쳤지만 꼼짝도 하지 않았다.

"이 X팔 새끼야! 이거 못 놔?"

선우는 아무에게나 욕설을 퍼붓는 마리 오빠에게 작은 훈계를 내리기 위해서 팔을 잡은 손에 살짝 힘을 주었다.

"으으으… 아악!"

마리 오빠는 온몸을 비틀면서 죽는다고 비명을 질렀다.

그리고 그 비명 소리가 휴대폰을 통해서 마리에게도 전해졌다.

—선우 씨, 절대 열어주면 안 돼요.

"그러겠습니다."

—가라고 해서 가지 않으면 혼내주세요. 아니, 선우 씨 손 더럽힐 필요 없어요. 경찰에 신고하세요.

마리 오빠는 별별 욕을 다 하면서 길길이 날뛰었고, 같이 온 여자는 당황해서 울며 어쩔 줄 모르고 있다.

선우는 마리에게 응원을 해주었다.

"마리 씨, 여긴 걱정하지 말고 잘하고 오세요."

—미안해요. 괜히 오빠 때문에…….

마리는 그렇게 말하다가 선우가 어째서 잘하고 오라고 말했는지를 떠올렸다.

—선우 씨, 제가 어디에 가는 줄 알고…….

선우는 통화를 끝내고 휴대폰을 집어넣었다.

그때 소란스러움 때문에 아래층 사람들이 올라왔다.

오전이라서 아직 가게에 나가지 않은 조태근과 조향아 남매와 여작가 손연수가 올라와서 그 광경을 보고 놀라워했다.

"선우야! 무슨 일이냐?"

"별일 아닙니다."

선우는 조태근의 물음에 대답하고는 마리 오빠의 팔을 놔주면서 타이르듯 말했다.

"험한 꼴 당하기 전에 가십시오."

"으… 이 개새끼……."

마리 오빠는 비틀거리면서 물러났다. 입에 걸레를 물었는지 나오는 말마다 욕이다.

그는 이곳에 더 이상 있다가는 좋지 않겠다는 생각에 서둘러 계단을 내려갔다.

여자는 머뭇거리더니 두 손을 앞에 모으고 선우에게 꾸벅 허리를 굽혔다.

"미… 안해요."

"야, 이 X팔년아! 뭐가 미안해? 너 죽을래? 빨리 안 내려와?"

마리 오빠는 자신의 애인인 듯한 여자에게도 욕을 해댔다.

마리 오빠와 여자가 떠난 후에 조태근과 조향아가 선우에게 가까이 다가왔고, 여작가 손연수는 한 계단 아래 계단참에 우두커니 서서 지켜보았다.

"선우야, 쟤들 뭐야?"

선우는 빙그레 웃으며 손을 저었다.

"별거 아닙니다."

마리 오빠라고는 절대로 말할 수가 없다.

"도둑질하려다가 너한테 들킨 거야?"

"아닙니다. 들어가 보겠습니다."

"어… 그래."

선우는 현관문을 닫지 않았기 때문에 번호 키를 다시 누를 필요 없이 문을 잡아당겨서 들어가려다가 멀뚱하게 서서 자신을 쳐다보고 있는 조태근 남매를 보며 물었다.

"들어올래요?"

"그럴까?"

그냥 예의상 한 말인데 조태근이 기다렸다는 듯이 안으로 쏙 들어갔다.

선우는 쭈뼛거리는 조향아에게 문을 더 활짝 열어 보였다.

"들어가세요."

조향아는 얼굴을 붉히면서 고개를 숙였다.

"실례할게요."

선우네 집은 여느 집하고는 달리 가구도 별로 없으며 살림살이는 아예 갖추어져 있지 않았다.

침대 하나 덩그러니 놓여 있는 안방과 컴퓨터 시스템이 있는 작은 방, 그리고 냉장고와 3인용 소파가 놓인 거실, 작은 식탁과 몇 개의 냄비만 있는 주방이 세간의 전부였다.

더구나 선우가 집에 붙어 있는 시간이 거의 없다 보니까 집 안이 어수선하고 여기저기 휴지와 잡동사니들이 굴러다니며 먼지투성이였다.

"야… 집 안 꼴이 말이 아니구나."

조태근은 집에 들어서자마자 성격대로 가감 없이 자신의 느낌을 말했다.

"향아, 너 청소 좀……."

조태근이 말하려는데 조향아는 이미 빗자루를 찾아 들고 거실을 쓸기 시작했다. 선우네 집에는 그 흔한 청소기 하나도 없었다.

"향아 씨, 그만두십시오."

선우가 말렸지만 조향아는 들으려고 하지 않고 부지런히 비질을 했다.

그 모습을 보고 선우가 씁쓸한 표정을 짓는데 조태근이 손을 내저었다.

"야, 냅둬라."

조태근은 자기 집처럼 냉장고를 불쑥 열었다.

"뭐 마실 거 없니?"

냉장고는 텅 비었고 캔 맥주 몇 개가 들어 있을 뿐인데 조태근은 캔 맥주 두 개를 꺼내 하나를 선우에게 던져주었다.

"해장해야지."

조태근은 소파에 앉으면서 선우에게 물었다.

"너 아침 먹었니?"

"아직 안 먹었습니다."

조태근은 청소하고 있는 조향아에게 말했다.

"향아, 우리 아침 여기서 먹자."

"아… 아니……."

선우가 만류하려는데 조향아가 발딱 일어나서 서둘러 밖으로 나갔다.

선우는 때아니게 거한 아침 식사를 하게 되었다.

뜻밖에도 조태근은 요리사 자격증을 3개나 갖고 있는 요리 전문가였다.

그는 특기와 취미가 다 요리일 정도로 요리에 심취해 있으며 사람이 살아가면서 느끼는 최고의 행복이 먹는 데 있다고 굳게 믿고 있다.

그래서 집에서 하는 매 식사 때마다 재벌 회장님이 부럽지 않을 만큼 맛있고 영양가 높으며 질 좋은 요리를 직접 해서 먹는다고 한다.

조향아는 자기네 집 202호와 선우네 402호를 부지런히 오가면서 요리 재료들과 요리를 할 프라이팬 등 도구들을 날라 왔으며, 그동안 선우와 조태근은 소파에 앉아서 차가운 캔 맥주를 마셨다.

"이거 무슨 맥주냐? 쌉쌀한 게 홉의 맛과 향이 살아 있어."

"필스너 우르켈입니다."

"아… 체코 맥주?"

"그렇습니다."

조태근은 초록색의 캔 맥주를 이리저리 살폈다.

"나도 그렇지만 우리나라 사람들은 라거 맛에 길들여져 있어서 싱거운 맥주를 좋아하는데 이건 쌉쌀하고 진해서 아주 진국인데?"

"잘 아는군요."

캔 맥주 하나를 마신 조태근은 일어나서 주방에서 요리를 하기 시작했고 청소를 끝낸 조향아는 옆에서 보조를 했다.

세 사람은 식탁에 둘러앉아서 늦은 아침 식사를 하면서 이런저런 얘기를 나누었다.

조태근은 선우가 하는 일에 대해서 관심이 많았지만 선우가 자신의 일에 대해서는 말하고 싶지 않다고 딱 못을 박으니까 그도 더 이상 묻지 않았다.

그 대신 다른 얘기를 꺼냈다.

"우리 가게 요즘 장사 무지 잘된다."

며칠 만에 만난 조태근과 조향아 얼굴에 구김이 없는 걸 보고 선우는 대충 짐작했었다.

"건달들이 더 이상 껄떡거리지 않으니까 살 것 같고, 무엇보다도 안소희 씨 사진을 대형 브로마이드로 가게 안에 몇 개 걸어놨더니 인기 폭발이야! 핫핫핫!"

선우와 소희가 조태근네 양꼬치집 양왕에 갔을 때 조태근과 조향아는 소희하고 사진을 몇 장 찍었고 그걸 가게에 걸어

놔도 된다는 허락을 소희에게 받았다.

"안소희 씨가 앉았던 자리는 프리미엄석으로 아주 특별하게 꾸며놨어. 요즘 매일 가게가 꽉꽉 찬다니까! 이젠 손님들이 밖에서 줄서서 기다려."

"잘됐군요."

"그런데 너……."

조태근이 갑자기 상체를 앞으로 숙이면서 짐짓 은밀한 표정을 지었다.

"그날 안소희 씨가 널 사랑한다고 말했었는데 그거 정말이지? 그치?"

"농담이에요. 천하에 안소희가 뭐가 아쉬워서 나 같은 걸 사귀겠습니까?"

"왜? 니가 어때서?"

조태근은 정색을 했다.

"야! 나는 여태까지 너보다 잘난 남자를 본 적이 없어! 우리나라 최고 미남 배우라는 차종석도 너한테는 발끝에도 못 따라갈 거야! 안 그러냐, 향아?"

"맞아요, 오빠."

수줍음이 많아서 항상 조용하기만 한 조향아지만 이 대목에서는 힘차게 고개를 끄떡였다.

"내 눈은 못 속인다. 너, 안소희라는 어마어마한 톱스타가 너하고 연인처럼 찰싹 붙어서 행동하는 것도 그렇고 널 따라서 우리 가게 같은 별 볼일 없는 곳까지 온 것만 봐도 너희 둘은 보통 사이가 아냐."

선우는 변명하는 것도 그렇고 해서 가만히 있었다.

"더구나 말이야, 안소희 씨가 자기 입으로 널 사랑하고 있다고 분명하게 말했어."

소희는 정말 그렇게 말했다. 그래서 선우는 지금에 와서야 그 말에 담긴 의미를 새삼스럽게 되새겨 보았다.

"안소희 정도 되는 여자가 그런 말을 농담으로 할 거 같니? 만약 우리 가게에서 했던 그 말을 나나 향아, 그리고 그때 있었던 손님들이 듣고 동네방네 소문을 냈다면 그다음 날 대한민국 언론이 발칵 뒤집어졌을 거야."

여자에 대해서는 숙맥인 선우는 조태근의 말을 듣고서야 그 당시 소희의 속내가 어땠을까 돌이켜 보았다.

"그런데도 안소희 씨는 그걸 각오하고 그런 말을 한 거야. 톱스타의 한마디라는 건 그런 거야. 너를 사랑한다고 한 말이 기사에 나도 좋다는 뜻이야, 그건."

"그런가요?"

어느새 선우는 진지하게 듣는 자세가 되어 있었다.

조태근은 자신의 느낌을 확신했다.

"그날 우리 가게에서 안소희 씨가 너한테 한 행동은 연인이 사랑하는 남자한테 하는 딱 그거였어. 그녀가 너를 바라보는 눈빛이나 말 한마디 행동 하나하나가 아주 꿀이 뚝뚝 떨어지더라구."

"음."

소희 얘기가 나오니까 선우는 자꾸만 그녀하고의 키스가 생각이 나서 기분이 쏩쏠했다.

이제 보니까 소희는 그런 감정으로 키스를 했는데 그는 그녀를 사랑하지도 않으면서 혀를 빨고 유방을 터뜨릴 것처럼 주물러 댔으니 말도 안 되는 일이다.

키스 그리고 유방을 만지거나 섹스를 하는 것은 사랑하는 사람하고만 한다는 선우의 고정관념에는 지금도 변함이 없다.

"너도 안소희 씨 사랑하고 있지?"

조태근이 넌지시 물었다.

"소희는 여동생 같은 아이일 뿐입니다."

"그럼 마리 씨는 뭐냐?"

"마리 씨는……."

선우는 말을 흐렸다.

조태근은 흥미롭다는 듯 캐물었다. 그 자신이 마리를 짝사랑하고 있기 때문이다.

하지만 선우가 마리를 사랑하거나 좋아한다면 그녀를 포기할 수 있다.

선우 정도의 잘난 남자라면 상대가 안소희든 마리든 다 자격이 있다고 생각했기 때문이다.

선우는 자신이 마리를 어떻게 생각하고 있는지 고민해 본 적이 없었다.

그리고 이건 누가 누굴 어떻게 생각하느냐고 물어서 선뜻 대답할 수 있는 일이 아니다.

시간이 흐르면 호감이 사랑으로 변할 수도 있을 테고 아니면 그저 이웃으로 남거나 남이 될 수도 있었다.

조태근은 선우를 곤란하게 만들고 싶지 않아서 여자들에 대한 얘기는 이쯤에서 그만두었다.

"선우야, 아침마다 우리하고 같이 밥 먹자. 우린 오후에 재료 사러 시장에 가니까 오전에는 널널해."

"내가 집에 없을 때가 많아서요."

"집에 있으면 전화해. 그럼 나하고 향아가 아침 식사 준비해서 올라올게."

"그러면 나야 좋지만 미안하잖아요."

조태근은 두 손을 마구 저었다.

"야······! 그런 말 하지 마라. 우리가 선우 네 덕 본 게 얼만지 돈으로 계산도 안 된다. 그리고 우리 괴롭히던 한남동 장걸이파가 그동안 상납금이라고 뺏어갔던 것 다 모아서 3천만 원 놀려줬어. 사실 우리가 뺏긴 건 2천만 원이 채 못 되는데 말이야."

"이자라고 생각하세요."

"어쨌든 네 덕분에 우리가 먹고사는데 아침 식사 같은 걸로 부담 느낀다면 우리 얼굴이 뜨겁다."

선우는 오전 11시가 조금 넘어서 집을 나섰다.

종태가 거의 다 처리한 스웨덴 입양아가 자신의 친어머니를 찾는 일을 매듭짓기 위해서다.

일 층 주차장에서 오랜만에 포르쉐911에 타고 시동을 걸었다.

부르릉…….

맹수의 고른 숨소리 같은 배기음이 가슴을 설레게 했다.

포르쉐는 주차장을 빠져나와 언덕길을 내려가기 시작했다.

이 차선 도로에는 차량 통행이 많아서 신경을 써서 요리조리 잘 운전해야만 한다.

포르쉐가 마주 오는 1톤 트럭을 피해서 우측으로 꺾었다가 다시 제 길로 접어들 때다.

오른쪽 전봇대 뒤에서 갑자기 마리 오빠가 쏜살같이 튀어나오는 모습이 보였다.

선우는 굴러가고 있는 포르쉐 앞으로 튀어 나오는 마리 오빠와 충돌하지 않으려고 급히 왼쪽으로 핸들을 꺾으면서 급브레이크를 밟았다.

그렇지만 마리 오빠가 포르쉐를 향해서 저돌적으로 달려들고 있었고 거리가 워낙 가까웠다.

쿵!

마리 오빠는 포르쉐 보닛 위에 얹혔다가 퉁겨지면서 굴러떨어졌다.

방금 그 광경은 누가 보더라도 자해 공갈단의 행동이었다.

아마 마리 오빠는 이런 식으로 선우를 엿 먹이려고 하는 것 같았다.

선우는 포르쉐를 멈추고 급히 차에서 내렸다. 자해 공갈단이든 뭐든 마리 오빠가 다쳤을 것이기 때문이다.

마리 오빠는 포르쉐 앞 아스팔트에 쓰러져서 오른팔을 움켜잡고 죽는 시늉을 했다.

"어구구… 나 죽는다……."

그는 다가오는 선우를 보더니 그를 가리키며 더욱 엄살을 떨었다.

"으아아… 저 새끼가 날 쳤어… 어이구! 아파죽겠네……."

지나던 사람들이 금세 많이 모여들었다.

선우는 마리 오빠 앞에 한쪽 무릎을 꿇고 물었다.

"어디를 다쳤습니까?"

"운전 똑바로 해, 이 개새끼야!"

마리 오빠는 눈에 불을 켜고 악을 썼다.

선우가 씁쓸한 표정으로 주위를 둘러보는데 마리 오빠의 애인이 약간 떨어진 곳에서 착잡한 표정으로 서 있는 모습이 눈에 띄었다.

선우는 일어나면서 휴대폰을 꺼내 119에 전화를 해서 구급차를 불렀다.

그러는 동안에도 마리 오빠는 계속해서 돼지 멱따는 비명 소리를 지르고 있다.

"내가 봤슴다. 저 사람이 고조 냅다 차에 뛰어들었슴다……!"

그때 구경꾼들 속에서 어떤 여자가 앞으로 나서며 선우에게 말했다.

그런데 그녀는 파라다이스맨션 102호의 탈북녀다. 아니, 선우가 탈북녀라고 추측하고 있는 여자다.

지난번에 부산 기장의 엄마가 멸치젓갈을 보내준 택배를 그녀가 맡아두었다가 내준 적이 있었다. 그때 선우는 그녀에게 멸치젓갈을 절반이나 덜어주었다.

그녀는 선우 옆에 서서 마리 오빠를 가리키며 열변을 토했다.

"앙이, 이 사람 미친 거이 아임까? 어찌 가만히 있던 사람이 달리는 차에 뛰어들어서 부딪친다는 말임까?"

"이 X팔, 당신이 뭘 안다고 지랄이야?"

마리 오빠는 상대가 누구든지 상관없이 욕설을 해댔다.

그러자 구경꾼 중에 두 명이 나서서 자기들도 마리 오빠가 달리는 포르쉐에 일부러 부딪치는 것을 봤다고 증언했다.

그런데도 마리 오빠는 목에 핏대를 세우며 악썼다.

"아… X팔! 여긴 생사람 잡는 X 같은 동네잖아! 뭐 하고 있어? 당장 경찰 불러!"

선우는 다시 한쪽 무릎을 꿇고 마리 오빠에게 타일렀다.

"경찰을 부르면 당신이 곤란해질 겁니다. 내 차 블랙박스에 당신 행동이 고스란히 찍혔습니다."

마리 오빠는 멈칫하는 것 같더니 지지 않고 악을 썼다.

"개소리 집어치우고 당장 경찰이나 불러, 이 새끼야!"

마리 오빠는 이성을 잃은 것 같았다.

결국 선우와 마리 오빠는 관할 용산경찰서에 갔다.

파라다이스맨션 102호 아주머니와 이웃인 슈퍼마켓 주인아저씨가 증인으로 경찰서까지 따라와 주었다.

파라다이스맨션 바로 옆에서 슈퍼마켓을 하는 주인아저씨는 마리 오빠가 꽤 오랫동안 슈퍼마켓 앞에서 서성거렸으며 전봇대 뒤에 숨어 있다가 갑자기 달려 나가는 것을 똑똑하게 보았다고 증언해 주었다.

경찰서에 가서 알게 된 마리 오빠의 이름은 유승환이고 26살이며, 절도와 폭력 등 전과가 4개나 됐다. 26살 청년이 전과가 4개나 있다니 놀랄 일이다.

그런데 마리 오빠 유승환은 경찰서에 와서도 자신은 죄가 없으며 선우가 길을 걸어가고 있는 자신을 뒤에서 치었다고 소리를 지르면서 아득바득 우겼다.

또한 그는 오른팔이 부러지고, 뇌진탕을 당했으며, 허리가 삐긋했다면서 진단서를 떼야겠다고 난리를 쳤다.

병원에 가본 결과 부러진 곳은 한 군데도 없으며 뇌진탕도 없이 그저 넘어지면서 입은 타박성이 전부라고 판명이 났다.

유승환의 행동을 가까이에서 본 증인이 둘이나 있어서 그는 자해 공갈의 혐의가 짙었다.

선우는 포르쉐의 블랙박스 칩을 빼 갖고 왔지만 그걸 경찰에게 제출하지는 않았다.

블랙박스 칩까지 제출하면 유승환은 정말 빼도 박도 못하는 자해 공갈범이 돼버리기 때문이다.

선우는 그에게 전과 하나를 더 붙여주고 싶지 않았다. 이유는 단 하나, 그가 마리 오빠이었기 때문이다.

어쨌든 유승환은 유치장에 구금됐고 선우와 102호 아주머니, 슈퍼마켓 주인아저씨는 밖으로 나왔다.

"고맙습니다, 두 분."

용산경찰서 건물 현관을 나선 후에 선우는 두 사람에게 정중히 고개를 숙였다.

"아유······! 무슨 말을 그리함까? 이웃이 곤란한 일을 당했는데 돕는 거이 당연한 일 아임까?"

"대낮에 그런 말도 안 되는 짓을 하다니, 그런 놈은 콩밥을 먹어야 정신을 차릴 거요."

102호 아주머니도 선우와 안면이 있는 슈퍼마켓 주인아저씨도 손사래를 치면서 열을 올렸다.

선우는 슈퍼마켓 주인아저씨의 소형차를 함께 타고 돌아가는 두 사람을 배웅하고 나서 포르쉐로 다가갔다.

그때 그는 마리 오빠 유승환의 애인이 저만치에 두 손을 앞에 모으고 서서 이쪽을 바라보고 있는 것을 발견했다.

선우는 그녀가 할 말이 있는 것 같아서 포르쉐에 타려던 것을 그만두고 여자에게 걸어갔다.

잠시 후 선우와 유승환 애인은 용산경찰서 근처 어느 카페에 마주 앉았다.

선우는 바쁜 사람이지만 이 여자에게서 유승환이라는 개망나니에 대한 설명을 들을 수 있을 것 같았다.

그런데 여자의 얘기를 들으니까 놀랍게도 여자는 유승환의 애인이 아니라 부인이었다.

둘 사이에는 딸도 하나 있으며 5살이라고 했다. 여자 서정현이 여고 3학년 때 낳은 아이라는 것이다.

고등학교 중퇴인 유승환은 당시 다니던 학교에서 퀸 소리를 들으며 인근에서 최고의 인기를 누리고 있던 서정현을 사모하게 되어 그녀를 갖은 수를 다 써서 꾀어 끝내 여자 친구로 만들었다.

그때 서정현은 여고 2학년이었고 두 사람은 동거를 시작했다. 당연히 서정현은 학교를 그만두고 알바를 하면서 생활비를 벌었고 유승환은 나쁜 친구들과 어울려 다니면서 교도소에 들락거렸다.

그 사이에 서정현은 임신을 하여 딸을 낳았으며 지금은 유승환, 즉 마리 어머니가 맡아서 키우고 있다.

유승환은 직장에 다닌 적도 알바 같은 것도 한 적이 한 번도 없었다.

돈이 필요하면 나쁜 친구들과 어울려서 범죄를 저질렀다. 그렇게 해서 돈이 생기면 몇 달 동안 집에 들어오지도 않았고 그 돈을 다 탕진해야만 초라한 모습으로 어린 아내가 기다리는 집으로 돌아오기를 반복했다.

그러다 보니까 교도소에 드나드는 것은 당연했고 걸핏하면 모친과 마리에게 찾아가서 돈을 달라고 손 벌리기 일쑤였다.

돈을 주지 않으면 유승환이 범죄를 저지르기 때문에 어머니와 마리는 울며 겨자 먹기로 돈을 주었다.

"지난번에 보니까 그가 당신을 때리던데… 평소에도 자주 때립니까?"

눈물 콧물을 흘리면서 얘기하던 서정현은 선우의 물음에

깜짝 놀라는 표정을 지었다.

"얼마 전에 유승환 씨가 마리 씨 알바하는 곳에 찾아갔을 때 차에서 당신을 때리는 걸 봤습니다."

"아……."

"그때 보니까 당신더러 술집에 나가서 돈을 벌어오라면서 소리를 지르며 화를 내던데."

서정현은 고개를 숙이고 눈물을 뚝뚝 떨어뜨렸다.

"저는… 술집 같은 데 나가기 싫어요… 그런데 다니면 모르는 낯선 남자들한테……."

그녀는 차마 말을 잇지 못하고 흐덕거리며 울었다.

"제발 그 사람을 한 번만 용서해 주세요……."

선우는 차분하게 말했다.

"그는 왜 마리 씨 집에 온 겁니까?"

"그건……."

"마리 씨가 없는 사이에 뭔가 훔치러 온 겁니까?"

서정현은 깜짝 놀라서 두 손을 마구 저었다.

"아, 아니에요. 그건 절대 아니에요……!"

그러나 그녀가 부인하는 모습은 애처로웠다. 너무나 강하게 부인하는 바람에 인정하는 꼴이 돼버렸다는 것을 그녀는 알지 못했다.

여동생 집에 도둑질을 하러 오다니 유승환이라는 작자는

정말 인간 말종이다.

정당하게 일을 해서 돈을 벌어 아내와 딸을 부양할 생각은 하지 않고 아내를 두들겨 패면서 술집에 나가서라도 돈을 벌어오라고 악다구니를 쓰지 않나, 여동생 알바하는 가게에 버젓이 나타나서 손을 벌리는 것으로도 모자라서 이젠 여동생이 없는 사이에 뭔가 훔치려고 몰래 현관문을 열고 들어가려다가 선우에게 들켰다.

그걸 보복하려고 자해 공갈을 벌여서 경찰서 유치장에 갇히는 신세가 돼버렸다.

선우는 서정현을 물끄러미 응시했다.

그녀는 갸름한 얼굴에 수심이 가득했으며 오랜 세월 동안 고생에 찌든 사람이 그렇듯 온통 어두운 기색이 그녀를 뒤덮고 있었다.

그런데 참 예쁜 용모다. 여고 때 학교에서 퀸 소리를 들을 만한 미모를 지니고 있다. 하지만 그녀의 미모는 세월의 고생이라는 더께에 뒤덮여 있었다.

선우가 빤히 주시하자 서정현은 또다시 눈물을 흘렸다.

"그 사람을 용서해 주신다면 돈만 빼고 무슨 일이라도 하겠어요. 제가 어떻게 하면 그 사람을 풀어주시겠어요?"

"정말 내가 시키는 대로 뭐든지 할 수 있습니까?"

그 말에 서정현은 움찔 몸을 떨었다. 그렇지만 겁먹은 표정으로 조그맣게 대답했다.

"네… 뭐든지 하겠어요."

선우는 일어섰다.

"따라오세요."

그가 카페를 나가자 서정현은 급히 뒤를 따랐다.

선우는 포르쉐가 주차되어 있는 용산경찰서 주차장으로 걸어가고 있었다.

뒤돌아보니까 서정현이 종종걸음으로 거의 뛰듯이 뒤따라오고 있었다.

선우는 걷는 속도를 조금 늦추었다.

그때 옆으로 차가 지나가고 또 오토바이가 마주 오고 있어서 걸음을 멈추고 길가의 건물 안쪽으로 조금 이동했다.

차와 오토바이가 지나간 다음에 다시 걸음을 옮기려는데 서정현이 옆에 서서 건물 쪽을 힐끔거렸다.

선우가 쳐다보니 그녀가 힐끔거리는 곳은 모텔이었다.

서정현은 선우하고 눈이 마주치자 용기를 내서 말했다.

"한 번뿐인 거죠?"

"뭐가 말입니까?"

서정현은 얼굴을 붉히며 바로 옆에 있는 모텔 입구를 힐끗 쳐다보았다.

그제야 선우는 그녀의 의도를 알아차리고 표정이 변했다. 그녀는 선우에게 자신의 몸을 제공한 대가로 유승환의 용서를 받으려는 것이다.

선우는 불끈 화가 치밀었다.

"지금 무슨 생각을 하는 겁니까?"

"저는……."

서정현은 깜짝 놀랐다.

선우는 서정현이 당황해서 어쩔 줄 모르는 걸 보고는 그녀를 더 이상 꾸짖지 못했다.

이건 그녀의 잘못이 아니다. 돈도 가진 것도 없는 그녀가 선택할 수 있는 유일하고도 마지막 방법이 자신의 몸뚱이로 대가를 지불하는 것이라고 생각했을 것이다.

그녀가 그런 생각을 한 데에는 선우에게도 어느 정도 책임이 있다고 할 수 있다.

조금 전에 카페에서 그녀에게 '정말 내가 시키는 대로 뭐든지 할 수 있습니까?'라고 물었는데 그녀는 그걸 섹스로 오해한 것 같았다.

선우는 이 일이 마리하고 연관이 없었으면 절대로 관여하지 않았을 것이다.

한 걸음 내디딜 때마다 수렁 속으로 깊게 빠지는 기분이었다.

선우는 오늘 해결하려고 했던 스웨덴 입양아 일을 내일로 미뤄야겠다고 생각했다.

그는 서정현을 데리고 청담동으로 가는 도중에 하명수에게 전화를 걸었다.

─어, 골드핑거. 유마리 씨 말이야, 물건이던데?

하명수는 감탄부터 쏟아냈다.

─'내가 사는 이유'말고도 좋은 노래가 몇 개 더 있어. 그리고 유마리 씨 보이스가 정말 대박이야. 약간 허스키하면서도 뭐랄까, 아주 사람의 심금을 울린다는 말씀이야.

"어떻게 하실 겁니까?"

─계약해야지. 이런 물건을 놓치면 아까워서 밤에 잠도 못 잘 거라구.

"그럼 마리 씨 알바하지 않고도 돈 걱정 없이 노래에만 전념할 수 있도록 해주세요."

마리 얘기가 나오자 포르쉐 조수석에 앉은 서정현은 깜짝 놀란 얼굴로 선우를 쳐다보았다.

하명수는 껄껄 웃었다.

─자네 부탁이니까 특별히 B+급으로 계약하겠네.

안소희나 미아 정도 되면 최고 등급인 A+++이고 마리처럼 지금 당장 시장에 내놓지는 못하지만 장차 몇 년 후를 내다보고 투자하는 사람에게는 장래성이 있다고 생각하면 보통 C+

정도의 대우로 계약을 한다.

하명수가 말한 B+이면 매월 200만 원 정도 생활비가 지급되고 회사에 개인 연습실과 몇 가지 혜택이 주어진다.

"마리 씨 정도면 B+++ 아닙니까?"

—허어…….

"그렇다는 얘깁니다. 뭐, 형님께서 알아서 하시겠죠."

선우는 은근히 엄포를 놓았다.

옆에서 서정현은 숨을 멈추고 가만히 듣고 있다.

—알았네. B+++로 하지. 단, 조건이 있네.

"알고 있습니다. 미라클 샤론 얘기겠죠?"

—그래. 자네 내일 저녁에 시간 통째로 비워둬야 하네.

"알겠습니다."

딜이 이루어졌다.

통화를 끝냈을 때 선우는 서정현이 놀라는 표정으로 자신을 바라보고 있는 것을 보았다.

"아… 마리 씨 오늘 오디션 보러 갔거든요."

"아… 네."

서정현은 놀라움을 억지로 삼키려는 표정으로 선우를 바라보면서 물었다.

"마리 씨 오디션, 선생님께서 주선하신 거로군요?"

그녀는 선우와 하명수의 통화 내용에서 대충 짐작을 한 모양이다. 명석한 머리다.

짐작하고 물어보는데 선우로선 부인하기도 그렇다.

"네, 뭐……."

서정현은 새삼스러운 표정으로 선우를 바라보았다.

"아가씨, 어디에서 오디션 봤나요?"

그녀는 지금 상황을 잊은 듯 조금 당돌하게 물었다.

선우는 지난번 유승환이 마리 알바하는 도르트문트에 돈 뜯으러 왔을 때 서정현이 유승환에게 '마리 씨에게 그만 돈 으로라고' 한마디 했다가 주먹으로 얼굴을 맞는 걸 똑똑히 목격했었다.

그것 말고도 서정현은 사사건건 유승환의 나쁜 짓을 말리는 것 같았다.

"HMS기획입니다."

"아……! 거기 알아요! 안소희랑 차종석, 미라클 샤론 등 쟁쟁한 톱스타들이 거기 소속이라던데……."

선우는 이 일을 비밀로 했는데 괜히 서정현의 입을 통해서 마리 귀에 들어갈까 봐 우려스러웠다.

그런데도 서정현의 궁금증은 아직 끝나지 않았다.

"방금 통화하신 분이 HMS 대표 하명수 씨인가요?"

"그렇습니다."

그만큼 서정현이 마리에게 관심이 많다는 뜻이다.

또한 서정현이 대놓고 묻는데 선우가 거짓말을 하거나 입을 다물기도 그런 상황이다.

서정현은 조금 전에 선우가 전화 통화에서 하명수에게 형님이라고 부르면서 마리를 B+++로 해달라고 요구하는 것을 똑똑히 들었다.

"그런 분하고 친하다니… 대단하세요."

선우는 서정현이 옆에 있는데 하명수와 통화한 것을 후회했다. 대수롭지 않게 생각했다가 혹을 붙인 것 같다.

"아가씨를 위해서 그렇게 애써주시다니……."

"서정현 씨."

"네."

선우는 그 얘기를 그만하려고 주위를 환기시켰다.

"지금 마리 씨 만나러 가는 겁니다."

"……."

서정현은 몹시 놀랐지만 아무 말도 하지 않았다.

"나는 마리 씨하고 한 가지 일을 의논하려고 합니다. 그래서 마리 씨가 동의하면 그 일을 추진할 생각입니다. 그 일이 뭐라고 생각합니까?"

서정현은 조심스럽게 대답했다.

"혹시 은수 아빠 얘긴가요?"

"딸 이름이 은수입니까?"

"네……."

"맞습니다. 나는 유승환 씨를 올바른 사람으로 만들어보려고 합니다."

"그렇지만 교도소에 가게 되면……."

"그를 풀어줄 겁니다."

"아… 네."

서정현은 안도의 표정을 지었다.

"마리 씨 만나면 HMS기획사에 대한 얘기는 하지 마세요."

서정현은 말끄러미 선우를 응시했다.

세상에는 유승환 같은 남자만 있는 줄 알았더니 선우처럼 훌륭한 남자도 있다는 생각에 가슴이 훈훈해졌다.

"그럴게요."

제17장
신강사관

선우는 청담동에 거의 도착할 때쯤 마리에게 전화를 했다.

—선우 씨, 어떻게 됐어요?

마리는 자신의 오디션 결과보다는 오빠에 대한 일을 더 알고 싶어 했다.

"만나서 얘기해요."

—그래요. 나도 여기 일 다 끝났어요.

마리의 목소리에는 기쁨보다는 우려가 더 깊었다.

툭 하면 교도소에 들락거리는 개망나니 오빠 같은 건 어떻게 되든 말든 자신이 잘된 것을 기뻐할 수도 있는데 그녀는 그러지 않았다.

자신이 잘되는 것, 즉 일신의 영달보다는 가족이 훨씬 더 소중하기 때문이다.

선우는 그런 마리의 마음을 읽었다. 마리는 선우를 실망시키지 않았다.

선우는 마리를 HMS기획사 근처에서 포르쉐에 태웠다.

서정현은 뒷자리에 있었는데 처음에 마리는 포르쉐 조수석에 타서는 그녀의 존재를 알지 못했다.

"선우 씨."

마리는 선우를 만난 것이 반갑고 또 자신에게 큰 행운이 찾아온 일을 자랑하고 싶었으나 오빠 일이 앞을 가로막아서 그럴 수가 없었다.

"서정현 씨하고 같이 왔습니다."

선우가 뒤를 가리키면서 말하자 마리는 그게 무슨 말인가 싶어서 뒤돌아보다가 서정현을 발견하고는 깜짝 놀랐다.

"언니!"

"아가씨……."

유승환과 서정현은 결혼식은 올리지 않았지만 혼인신고를 했기 때문에 어엿한 정식 부부다.

마리와 서정현은 사이가 좋지도 나쁘지도 않은 편이다.

만약 유승환이 올바른 사람이고 정상적인 가장 노릇을 하고 있었다면 마리와 서정현은 올케와 시누이로서 좋은 사이가 됐을 것이다.

환경이 사람의 관계를 만드는 법이다. 유승환이라는 개망나니 하나가 여러 사람에게 피해를 주고 있었다.

물론 첫 번째 희생자는 서정현이다. 17살 꽃봉오리가 생성되기도 전인 어린 나이에 유승환을 만나서 18살에 원하지도 않았던 아기 엄마가 된 그녀보다 기구한 운명의 여자를 찾아보기란 어려울 것이다.

그런 점에서 마리는 서정현에게 늘 미안한 마음이었고, 반대로 서정현은 시어머니와 마리에게 며느리와 올케로서 너무 염치가 없어서 늘 죄송한 마음이었다.

세 사람은 한강공원으로 가서 강변에 앉아 얘기를 나누었다.

먼저 마리네 집에 찾아왔던 유승환이 어떻게 했는지에 대한 선우의 담담한 설명을 들은 마리는 너무 놀라서 발딱 일어서며 외쳤다.

"그 인간 정말 미쳤어!"

선우가 왼쪽에 앉고 그 옆에 마리와 서정현이 있는데, 서정현은 고개를 들지도 못했다.

선우는 마리의 손을 잡고 앉혔다.

"앉아요."

마리는 몸 둘 바를 모르고 사과했다.

"미안해요, 선우 씨. 아아… 이제는 오빠가 선우 씨에게까지 이런 피해를 끼치는군요."

선우는 차분하게 얘기했다.

"마리 씨, 나는 지금 오빠를 책망하자는 게 아닙니다."

그는 한강을 바라보며 조용히 말했다.

"마리 씨와 서정현 씨가 허락한다면 나는 유승환 씨를 올바른 사람으로 만들어보고 싶습니다."

전혀 예상하지 않았던 말에 마리는 눈을 크게 떴다.

"선우 씨가 말인가요?"

"네."

"그렇게 할 수 있나요?"

선우 말대로만 된다면 마리와 서정현, 마리 엄마, 그리고 서정현의 딸까지 4명의 여자에겐 더없는 축복이 될 것이다.

"방법이 있습니다."

마리와 서정현은 긴장된 표정으로 선우를 바라보았다.

"서정현 씨는 내일부터라도 내가 소개하는 회사에 취업하는 게 좋겠습니다. 그곳에서 사회의 일원으로서 정상적으로 살아가는 방법을 배우도록 하세요."

두 여자는 아무 말도 하지 못하고 선우를 쳐다보기만 했다.

"유승환 씨는 내가 특수학교에 입학시켜서 그곳에서 생활하도록 하겠습니다."

두 여자의 눈이 점점 더 커졌다.

"짧으면 반년이고 길어지면 1년 이상이 될 수도 있습니다. 거길 수료하면 아마 올바른 사람이 될 겁니다."

"그렇게나 오래……."

서정현은 망연한 표정을 지었다.

그녀보다는 마리가 좀 더 냉철했다.

"오빠가 그곳에 갔다가 오면 정말 사람이 되나요?"

"100% 확신합니다."

"어떻게 그렇게 확신할 수 있죠?"

선우는 빙그레 웃었다.

"내가 그곳 출신입니다."

"아……."

마리는 꿈을 꾸는 듯한 표정을 지었다.

"선우 씨는 내가 알고 있는 사람들 중에서 가장 훌륭한 사람이에요. 그런 선우 씨가 공부한 학교라면 오빠는 선우 씨까진 못 되더라도 발뒤꿈치만 따라가도 성공이에요."

"허락하는 겁니까?"

마리가 몸을 틀어서 선우를 똑바로 바라보았다.

"그런데 선우 씨는 무엇 때문에 나한테 이렇게 잘해주는 건가요?"

"……."

선우는 갑자기 말문이 막혔다. 사실 그는 마리의 일이라면 발 벗고 나설 수 있다는 생각만 했었지, 어째서 그런지에 대해서는 생각해 본 적이 없었다.

그는 마리의 질문을 받고서야 비로소 거기에 대해서 짧게나마 생각해 보았다.

그리고 거기에서 얻은 답을 솔직하게 말했다.

"내가 아마 마리 씨를 좋아하는 것 같습니다."

"……."

마리는 눈을 커다랗게 뜨고 놀란 얼굴로 그를 바라보는데 커다란 눈에 순식간에 눈물이 가득 고였다. 어떻게 저렇게 빨리 눈물이 고일 수 있는지 신기한 일이다.

선우는 자신이 잘못 말한 게 아닌가 싶었다. 그 정도로 마리의 반응이 예상외로 컸기 때문이다.

그때 마리가 갑자기 어린아이처럼 울음을 터뜨리면서 선우의 품에 안겼다.

"으아앙!"

마리는 자꾸만 선우의 품속으로 파고들면서 울기만 했고, 선우는 그런 마리를 꼭 안아주었다.

서정현은 그 모습을 보면서 고장 난 수도꼭지처럼 눈물을 흘렸다.

선우는 용산경찰서 유치장에 갇혀 있는 유승환을 석방시켜서 스포그 산하의 특수교육기관에 직접 데리고 갔다.

말이 특수교육기관이지 사실은 스포그 한국 본부에서 운영하는 신강가와 팔대호신가의 자제들이 교육과 수련을 하는 사설교육기관이다.

표면적으로는 '고려사관'이라는 이름으로 불리고 실제로는 '신강사관'이라는 이름을 갖고 있다.

포르쉐 조수석에 앉아 있는 유승환은 부지런히 머리와 눈동자를 굴리고 있는 중이었다.

유승환은 한 시간 전까지만 해도 용산경찰서 유치장에 갇혀 있었다.

기적이 일어나지 않는 한 그는 전과가 있기 때문에 재판을 받고 실형을 살 각오를 하고 있었다.

그런데 한 시간 전에 선우가 불쑥 찾아와서 그를 면회했다.

선우는 유승환에게 제안을 했다. 석방시켜 주는 대신에 선우가 지정하는 교육기관에서 최단 반년, 최장 2년 동안 교육을 받고 나면 연봉 1억 원을 받을 수 있는 직장에 취업시켜 줄 수 있는데 그렇게 하겠느냐는 조건이었다.

선우는 충분히 생각할 시간을 주겠다고 말하고 돌아서려는데 그의 등 뒤에서 유승환이 그렇게 하겠다고 외쳤다.

그 한마디에 유승환은 즉시 석방됐으며 선우의 포르쉐를 타고 경찰서를 떠났다.

그러고는 두 사람은 지금껏 한 마디 말도 없이 춘천고속도로를 타고 달리는 중이다.

유승환은 아까 오전처럼 선우에게 함부로 하지 못했다. 무슨 깊은 생각 따위가 있어서가 아니라 징역형을 살아야만 하는 상황에서 선우가 그를 구해주었기 때문에 그도 인간인지라 무턱대고 날뛰지 못하는 것이다.

그러나 시간이 지나고 안정을 되찾으면 다시 개망나니로 돌아갈 것이다.

걸레는 빨아도 걸레니까.

"이봐."

유승환이 담배를 꺼내서 입에 물면서 선우를 불렀다.

그의 인내심은 한 시간이었다.

"차 안에서 담배 피우면 안 됩니다."

"개소리 집어치우고."

칵!

유승환은 뉘 집 개가 짖느냐는 듯 라이터를 켰다.

탁!

선우는 라이터와 담배를 뺏어서 운전석 창문을 열고 밖으로 버렸다.

"이 새끼가!"

유승환은 버럭 화를 내면서 다짜고짜 선우의 얼굴로 주먹을 날렸다.

턱!

선우는 쳐다보지도 않고 손바닥으로 주먹을 막았다.

"이쪽 팔 부러진 거 아닙니까?"

"이이… X 같은 새끼, 이거 못 놔?"

선우가 주먹을 잡고 있으니까 유승환이 빼려고 얼굴이 빨개지도록 힘을 주지만 꼼짝도 하지 않았다.

"내 말 듣지 않으면 용산경찰서로 차 돌리겠습니다."

"이런 X팔 새끼가 그런 걸로 사람 병신 만드네."

그의 입에서 누더기 같은 욕이 줄줄 쏟아져 나왔다.

"야, 이 새끼야. 너도 쌍방울 달린 사내새끼라면 치사하게 약점 갖고 사람 약 올리지 말고 정정당당하게 일대일로 한 번 붙어보자고, 엉? 겁나냐?"

선우는 주먹을 놔주면서 중얼거렸다.

"아내한테 술집에 나가서 돈 벌어 오라면서 때리고 엄마하고 동생한테 돈 뜯으러 다니는 건 쌍방울 달린 사내새끼가 할 짓입니까?"

"……."

유승환은 아무 말도 하지 못했다.

"당신 같은 사람을 뭐라고 그러는지 압니까?"

유승환은 있는 힘껏 선우를 노려보았다.

"쓰레기라고 합니다."

"이 X팔, X 같은 새끼가!"

휘익!

유승환이 또 냅다 주먹을 휘둘렀지만 이번에도 선우가 손으로 간단하게 잡아버렸다.

"정정당당하게 일대일로 붙어보자고 그랬습니까?"

선우는 포르쉐를 고속도로 갓길 쉼터에 대놓고 차에서 내려 쉼터를 벗어나 풀밭에 유승환과 마주 섰다.

주변에는 가건물을 짓다가 말았는지 건축 자재와 나무 같은 것들이 쌓이거나 흩어져 있었다.

선우는 건축 자재 쪽을 가리켰다.

"아무거나 무기가 될 만한 거 갖고 덤비십시오. 단, 여기에서 나한테 지면 찍 소리 안 하깁니다."

유승환은 씨근거리다가 건축 자재에서 길쭉한 철근을 집어 들고 다가서며 으르렁거렸다.

"이 새끼, 너 오늘 죽었다……!"

"대답해요. 지면 군소리 없기입니다."

"알았다고 이 X팔 새꺄!"

위이잉!

3m 거리에 있던 유승환이 욕설을 퍼부으면서 맹렬하게 철근을 휘두르며 공격해 왔다.

선우는 세상 무서운 줄 모르고 천방지축 날뛰는 유승환에게 이번 기회에 따끔한 훈계를 내려야겠다고 마음먹었다.

선우가 피하지 않고 우뚝 서 있는 모습을 본 유승환은 철근을 더욱 힘차게 휘둘러서 머리를 겨냥했다.

거기에 머리를 맞으면 선우가 크게 다치거나 자칫하면 죽을 수도 있는데 그런 건 조금도 개의치 않았다.

악독하고 잔인한 성격이다. 아니, 저지르고 난 다음 상황이야 어찌 됐든 전혀 생각하지 않는 무지막지하면서도 가련한 성격이다.

퍽!

"흐윽!"

선우의 발이 슬쩍 가슴을 내지르자 유승환은 공중으로 붕 날아갔다가 풀밭에 나뒹굴었다.

"끄으으… 이 새끼……."

선우는 유승환이 다시 일어날 수 있을 만큼 아주 살살 찼다.

발길질 한 대로 갈비뼈를 왕창 부러뜨릴 수도 있지만 그래서는 정신을 못 차린다.

저런 놈은 아주 자근자근 밟아버려야지만 진저리를 치면서 학을 떼고 다시는 까불지 못한다.

유승환은 철근을 지팡이 삼아서 끙끙거리면서 일어나 비틀거리며 선우에게 다가왔다.

선우는 우뚝 서서 손가락 하나를 세워 보였다.

"당신 정도는 손가락 하나로 상대해도 됩니다. 내 손가락에 지면 당신은 싸움 같은 건 하지 않는 편이 좋습니다."

"이 개자식아!"

부우웅!

유승환은 악에 받쳐서 온몸을 던지며 철근을 휘둘렀다. 기술이고 뭐고 없는 무지막지한 공격이다.

선우는 슬쩍 피하면서 손가락으로 유승환의 오른쪽 어깨를 꿀밤으로 때렸다.

딱!

"으악!"

그냥 꿀밤인데도 뼈 부러지는 듯한 소리가 터지며 유승환은 비명을 지르면서 쓰러질 듯이 뒤로 물러섰다.

유승환은 어깨뼈가 바스러지는 고통에 오만상을 찌푸렸다.

그리고 세 번째는 팔뚝, 네 번째는 이마를 꿀밤으로 갈겼다.

딱!

"끄악!"

이마에 꿀밤을 제대로 맞진 유승환은 벌렁 자빠져서 일어나지 못했다.

정신이 나간 사람처럼 누워서 눈을 멍청하게 뜬 채 신음 소리만 흘려냈다.

"으으… 으으으……."

"이 정도가 끝입니까?"

유승환은 대답도 없이 입에서 침만 질질 흘렸다. 머리가 쪼개지는 것 같고 온몸 아프지 않은 곳이 없다. 그는 자신이 절대로 선우를 이기지 못한다는 사실을 깨달았지만 인정하려고 들지 않았다.

선우는 그에게 다가가서 내려다보며 말했다.

"졌습니까?"

"으음……."

선우는 꿀밤을 때리는 시늉을 했다.

"졌습니까?"

"져… 졌다……."

유승환은 일그러진 얼굴로 대답했다.

슥―

"일어나십시오."

선우는 허리를 굽히면서 유승환을 일으키려고 손을 내밀었다.

숙!

"죽엇!"

순간 유승환은 선우의 가슴을 향해서 철근을 냅다 찔렀다. 거리가 50cm밖에 안 되기 때문에 선우라고 해도 피하지 못할 것 같았다.

자기 입으로 방금 전에 졌다고 말해놓고서 기습을 가하다니 비열하기 짝이 없는 짓이다.

탁!

선우는 손바닥을 펼쳐서 철근이 자신의 목을 찔러 오는 것을 막았다.

유승환은 설마 선우가 이걸 막을 줄은 몰랐다. 결정타를 날리기 위해서 죽어가는 시늉을 하다가 기습을 한 건데 보기 좋게 실패하고 말았다.

그는 자신이 '졌다'고 말하고 나서 기습을 한 것에 대해서 조금도 부끄럽게 생각하지 않았다.

수단과 방법을 가리지 않고 무슨 수를 써서라도 상대를 쓰러뜨리면 된다는 게 그의 사고방식이다.

지금까지 살아온 그의 인생이 그랬었다. 그는 부끄러움 같은 거 모르는 인간이다.

철근 끝이 제법 뾰족했지만 그걸 맨손으로 막은 선우의 손바닥은 멀쩡했다.

슥―

그는 철근을 잡아당겼다가 머리 위로 치켜들었다. 마치 누워 있는 유승환을 찌를 것처럼 보였다.

유승환은 사색이 돼서 우는 소리를 했다.

"사… 살려주십시오… 제발……."

비겁한 데다 못나기까지 했다.

선우가 철근을 내리꽂자 우승환은 눈을 질끈 감고 냅다 비명을 질렀다.

"으악!"

푹!

그러고는 조용해졌다.

유승환은 10초쯤 지난 다음에 살며시 눈을 떴다. 선우는 보이지 않았고 철근이 자신의 왼쪽 뺨에서 반 뼘쯤 되는 풀밭에 절반이나 깊숙이 꽂혀 있는 게 보였다.

"으으……."

손으로 바닥을 짚고 일어나 앉는데 온몸이 조각조각 해체되는 것만 같았다.

그렇지만 선우가 어디 부러지거나 피가 나도록 때리지 않았기 때문에 유승환은 끙끙거리면서 간신히 일어날 수 있었다.

지만치 고속도로 쉼터에 포르쉐가 서 있는 게 보였다. 선우는 포르쉐 안에서 기다리고 있는 것 같았다.

유승환은 주위를 둘러보았다. 고속도로가 길게 뻗어 있고 반대 방향으로는 울창한 산이 이어져 있었다.

산 쪽으로 도망칠까 하고 잠깐 동안 생각했지만 개고생만 할 것 같아서 포기했다.

그리고 도망치면 선우가 가만히 놔두지 않을 것이다. 도망치다가 붙잡히면 이번에는 죽어도 할 말이 없다.

유승환은 하는 수 없이 비틀거리면서 포르쉐로 걸어가면서 투덜거렸다.

"X팔……"

미리 연락을 받은 신강사관의 직원이 주차장에 나와서 선우를 맞이했다.

웬만한 대학교를 능가하는 시설이 강원도 인제군의 깊은 산속에 자리를 잡고 있었다.

이곳에서는 교육과 체육, 그리고 여러 종류의 특수교육과 훈련이 이루어지고 있다.

팔대호신가의 자제들만 입학할 수 있는 신강사관은 전 세계에 이곳뿐이지만, 여길 졸업한 팔대호신가의 인재들을 보필하는 또 다른 인재들을 키우는 이와 비슷한 교육기관이 전 세계에 50여 군데에 이른다.

그 50여 군데 교육기관을 TS라고 약칭하는데 원래 명칭은 스포그 스페셜 스쿨(Sfog Special School)이며, 그 이니셜에 S가 3개 들어 있으므로 트리플S의 이니셜 TS를 쓴 것이다.

"이리 오십시오."

신강사관의 직원은 스포그 상부의 손님이 온다고만 알고 있으므로 젊은 선우가 스포그의 엘리트인 줄만 알고 있다.

신강사관 10여 개의 각양각색 웅장한 건물이 너른 초원과 언덕 여기저기에 흩어져 있으며 직원은 선우와 유승환을 본관으로 안내했다.

입학처에 들어가자 20여 명의 직원이 책상에 앉아서 바쁘게 일하고 있었다.

그중 한 명이 벌떡 일어나 들어서는 선우에게 다가왔다.

"어서 오십시오. 연락받고 기다리고 있었습니다."

그는 신강사관의 입학처장이다. 그 역시 선우가 스포그의 도련님인 줄은 꿈에도 모르고 있다.

선우는 유승환을 데리고 소파에 앉았다.

"유승환 씨에겐 이것이 기회입니다."

개망나니 유승환이지만 신강사관의 엄청난 규모에 압도되어 어리둥절한 표정이었다.

"부인 서정현 씨는 좋은 직장에 취직해서 내일부터 출근할 겁니다."

유승환은 멀거니 선우를 바라보았다.

"무슨 직장을⋯⋯."

"SS전자 관리부입니다."

"⋯⋯."

국내 재계 1위인 성신그룹의 근간을 이루는 곳이 SS전자이고 대한민국 사람이라면 그곳에 들어가는 것을 최고의 희망으로 여기는, 이른바 꿈의 직장이다.

"유승환 씨가 이곳에서 교육을 잘 받고 제대로 졸업한다면 유승환 씨가 상상하는 것보다 훨씬 좋은 직장으로 보내줄 것을 약속합니다."

고등학교를 중퇴하고 나쁜 친구들과 어울리면서 범죄에 발을 들여놓아 교도소에 들락거리면서 자신의 처지를 저주하고 후회했던 적이 수천 번도 더 되는 유승환이었다.

그렇지만 아무리 발버둥치고 개지랄을 해봐야 전과 4범이 할 수 있는 일은 어디에도 없었다.

그렇다고 막노동이나 험한 일을 해서 가족을 부양하겠다는 희생적인 마인드 같은 건 애초에 돼 있지도 않았다.

그래서 될 대로 되라는 막가파식으로 좌충우돌 닥치는 대로 살아왔던 것이다.

그는 조금 전에 이곳에 들어오면서 정문의 간판을 봤었다.

'고려사관'이라는 커다란 간판이 정문에 붙어 있는 걸 보고 소스라치게 놀랐었다.

개차반인 그이지만 '고려사관'이 대한민국 전체에서 천재와 영재 0.1%만 입학할 수 있는 최고 지성의 상아탑이라는 사실을 귀동냥으로 들어서 잘 알고 있었다.

그런 어마어마한 곳에 자신이 입학하게 되었다는 사실에 그는 제정신이 아니다.

더구나 지지리 못난 마누라가 국내 최고 꿈의 직장인 SS전자에 취직을 하고 자신은 이곳을 졸업하고 나서 더 좋은 직장에 취직하게 될 거라는 사실이 다 꿈만 같고 선우가 사기를 치는 것만 같았다.

그는 자신의 머리로 아무리 생각을 해봐야 지금 상황이 도저히 이해가 되지 않았다.

한마디로 뇌 용량 초과다.

"이것 보십시오. 나한테 왜 이러는 겁니까?"

말투마저도 공손해졌다.

선우는 담담히 대답했다.

"유승환 씨에게 기회를 주는 겁니다."

"내가 뭘 어쨌다고……."

그가 선우에게 한 짓은 달리는 포르쉐에 맨몸으로 뛰어들어 자해 공갈을 치려고 했던 것밖에 없다.

그런데 선우는 원수를 은혜로 갚으려고 하다니 이런 얘기는 해외 토픽에서도 나오지 않는다.

그렇다고 유승환이 보기에 선우가 예수님이나 부처님처럼 보이지는 않았다.

선우는 약간 떨어진 곳에 서서 기다리고 있는 입학처장을 손짓으로 불렀다.

"이 사람을 데려가세요."

유승환은 당황했다.

"이… 이것 보십시오……!"

선우는 유승환의 팔을 잡고 일으켰다.

"명심하세요. 여기에서 도태하면 유승환 씨는 갈 곳이 없습니다. 사람답게 살고 싶다면 이겨내십시오."

유승환은 마치 도살장에 끌려가는 소처럼 입학처장을 따라가면서 자꾸만 선우를 돌아보았다.

*   *   *

생후 8개월 때 스웨덴으로 입양된 수잔 헤르힝크가 찾는 부모 중에서 아버지는 이미 죽었으며 친어머니 신효선 씨는 수원에 살고 있는 것으로 종태가 최종 확인 했다.

그런데 문제는 친모 신효선 씨가 딸 수잔 헤르힝크를 만나지 않겠다고 고집을 부리고 있다는 것이다.

그래서 선우가 할 일은 신효선 씨를 만나서 딸을 한 번만 만나달라고 설득하는 것이다.

수잔의 친모를 찾는 것까지가 종태의 할 일이다.

그런데 그는 당연히 수잔 친모가 37년 전에 버린 딸을 만나줄 것이라고 쉽게 생각했다.

그래서 종태가 직접 수잔 친모에게 전화를 해서 자초지종을 설명했다.

그런데 친모가 딸을 만나지 않겠다는 것이다. 이유는 자신이 버린 딸을 차마 만날 용기가 없으며 지금 다른 가정을 이루어 잘 살고 있는데 옛날에 버린 친딸을 만나서 그걸 깰 수가 없다는 것이다.

친모가 내세우는 이유는 충분히 납득이 갔다.

하지만 장장 37년 동안 자신을 낳아준 친부모가 누군지 알고 싶고 또 만나고 싶어 했던 딸의 입장을 조금이라도 생각한다면 친모는 모녀지간의 만남을 거절할 수도 거절해서도 안되는 것이다.

더구나 딸 수잔은 37년 만에 만나는 친모하고 앞으로 죽을 때까지 함께 살고 싶어 하지만 그러지 못할 경우에는 단 한 번만이라도 만나기를 간절히 원하고 있다.

이건 어째서 딸을 버렸느냐고 죄를 물으려는 것이 아니다.

자신을 낳아준 친어머니를 단 한 번만이라도 만나고 싶어하는 딸의 소원에 대한 얘기다.

스웨덴에서 한국까지 지구를 반 바퀴나 날아서 왔거늘 친모를 찾아놓고서도 만나지 못하고 돌아갈 딸의 심정을 친모는 조금이라도 헤아려 보기나 했다는 말인가.

선우는 수원시 영통구 한 아파트에 살고 있는 수잔의 친모 신효선을 직접 찾아가서 만나 설득한 지 2시간 만에 그녀의 허락을 얻어냈다.

선우가 수잔의 입장이 되어 진심을 다해서 설득한 결과다.

그는 10분쯤 후에 아파트에서 나온 신효선을 데리고 수잔이 기다리고 있는 근처 베이커리로 갔다.

베이커리에는 수잔과 남편, 그리고 아들과 딸이 기다리고 있다가 선우와 신효선이 들어서자 모두들 벌떡 일어섰다.

모녀는 서로를 보는 순간 한눈에 상대가 엄마이며 딸이라는 것을 알아보았다.

DNA 검사고 나발이고 해볼 필요조차 없이 모녀는 붕어빵처럼 꼭 닮았다.

수잔은 자신이 20년쯤 지나면 변할 모습인 엄마를, 신효선은 자신의 20년쯤 젊었을 때의 모습을 하고 있는 딸을 그 자리에 서서 한동안 말없이 바라보기만 했다.

그러다가 수잔이 서툰 한국말로 더듬거리면서 신효선에게 비틀거리며 다가갔다.

"어… 머니……."

딸의 이름도 모르는 신효선은 눈물부터 쏟았다.

"으흐흑……!"

자신과 쏙 빼닮은 40살이 다 된 딸의 모습을 보니까 자신이 무엇 때문에 딸을 만나려고 하지 않았는지, 그렇게 해서 이승에서 무슨 부귀영화를 누리려고 한 것인지 가슴이 미어지도록 후회가 들었다.

또한 이름조차 지어주지 못한 채 입양 시설에 맡겼던 딸이 그래도 자신을 낳아준 어미라고 이렇게 찾아와준 걸 보고는 고맙기도 하고 또한 자신의 인생이 너무도 기구하고 기가 막혀서 눈앞이 캄캄해졌다.

수잔 역시 소나기가 쏟아지듯이 눈물을 흘리면서 신효선 앞에 다가와 떨리는 두 손을 내밀었다.

"어머니… 저는… 어머니 딸… 수잔… 입… 니다……."

스웨덴에서 독학으로 한국어를 배웠다는 수잔은 자기보다 머리 하나는 작고 쪼글쪼글 늙은 신효선의 두 손을 잡았다.

"으흐흑! 아이고, 내 딸아!"

신효선은 수잔을 와락 끌어안으면서 울음을 터뜨렸다. 아니, 통곡을 했다.

"어머니……!"

모녀는 베이커리 안에서 부둥켜안고 다시는 헤어지지 않을 것처럼 서로를 쓰다듬으며 흐느껴 울었다.

그 모습을 지켜보는 수잔의 스웨덴인 남편과 아이들도 눈물을 그칠 줄 몰랐다.

선우는 흐뭇한 미소를 지으면서 베이커리를 나왔다.

여기에서 잠시 상봉이 끝나기를 기다리고 있다가 수잔 가족을 숙소인 서울의 호텔에 데려다주면 그의 일은 끝난다.

그는 서울에서 렌트해서 타고 온 7인승 승합차를 주차해 놓은 곳으로 천천히 걸어가면서 휴대폰을 꺼내려고 주머니에 손을 넣었다.

그런데 그때 정면에서 걸어오던 사람이 그의 1m 앞에서 우뚝 멈춰 섰다.

선우는 앞을 가로막고 서 있는 당당한 체구에 강인한 인상의 정장 입은 30대 중반 사내에게서 기관의 냄새를 맡았다. 그것도 어둠 속에서 움직이는 비밀 기관의 냄새다.

사내가 선우를 똑바로 직시하며 나직하게 물었다.

"골드핑거요?"

사내는 눈도 깜짝이지 않고 선우를 쏘는 듯이 주시했다.

제18장
국정원

　선우는 이 사내가 누군지, 그리고 왜 이러는 것인지 궁금했다.

　그는 지금 자신의 뒤로 바싹 다가들고 있는 자 외에도 2명이 더 있다는 것을 감지했다.

　쿡…….

　선우 뒤에서 뭔가 뭉툭한 것이 등허리를 가볍게 찔렀다.

　이 정도의 인물들이 칼이나 몽둥이 같은 것으로 위협을 할 리는 없다.

　더구나 상대가 골드핑거라는 걸 알고 접근했다면 더욱 그럴 것이다.

그때 앞의 사내가 한 번 더 물었다.

"골드핑거요?"

선우는 대답 대신 고개를 끄떡였다.

쿡……

등에서 권총이라고 추측되는 물건이 등허리를 한 번 더 찔렀다. 제대로 대답하라는 뜻이다.

"그렇습니다."

"같이 갑시다."

선우는 이들이 대한민국 국가기관원일 거라고 짐작했다. 대낮에 이럴 수 있는 자들은 국가기관원뿐이다.

그는 이 자리에서 이들을 눈 깜빡할 새에 때려눕히고 유유히 사라질 수 있지만 그러지 않았다.

국가기관원이라고 짐작되는 자들이 선우에게 무슨 볼일이 있는 것인지 궁금했다.

두 명의 사내가 선우의 좌우에 더 붙었다. 도합 4명이서 주위의 시선 같은 건 전혀 개의치 않고 그를 감싼 채 권총으로 윽박지르고 있다.

4명의 사내는 선우를 에워싼 채 도로변에 주차해 놓은 중형 승용차로 걸어갔다.

이들은 선우가 이곳으로 올 줄 미리 알고 있었다. 그것은 그의 의뢰를 알고 있었다는 뜻이다.

탁!

선우를 뒷자리 가운데 태우고 양쪽에 사내 둘이 타고 다른 두 명은 운전석과 조수석에 탔다.

붕…….

승용차가 출발할 때쯤 선우는 세 가지 사실을 짐작해 냈다.

이들이 국정원 소속일 거라는 사실과 로건이 선우에게 의뢰했던 북한 장병호 사건 때문일 거라는 사실, 그리고 스웨덴 입양녀 수잔 헤르힝크의 의뢰는 이들이 파놓은 함정이었을 거라는 사실이다.

물론 수잔이 친모를 찾는 일은 진짜고 그녀는 이 일에 국정원이 개입됐다는 사실을 전혀 모를 것이다. 말하자면 그녀는 미끼였던 것이다.

누군가 그녀에게 일을 아주 잘하는 사람이 있는데 그에게 맡기면 친모를 찾아줄 것이라고 꼬드겼을 것이다.

승용차가 서울 시내를 달리고 있을 때 선우의 바지 주머니에서 휴대폰이 진동으로 울렸다.

왼쪽의 사내가 선우 휴대폰을 꺼내서 확인했다.

선우가 슬쩍 보니까 휴대폰 화면에 로건의 번호가 떠 있다.

그렇지만 이들은 전화번호만 보고는 전화한 사람이 누군지 모를 것이다.

왼쪽 사내가 휴대폰을 끄려는 걸 보고 선우가 한마디 했다.

"주한 미국 대사 로건 브룩스 씨요. 받지 않으면 곤란한 일이 생길 거요."

사내들의 표정이 가볍게 변했고 휴대폰을 끄려던 사내는 어떻게 할지 잠시 망설이는 것 같았다.

그러는 중에도 휴대폰은 계속 진동했다.

"내가 바쁜 일이 있어서 받지 못하니까 나중에 다시 걸라고 하면 될 겁니다."

사내는 조금 더 망설이는 듯하다가 영어에 능통한 조수석의 사내에게 휴대폰을 건네주었다.

"헬로우, 지금 골드핑거는 매우 바쁘니까 나중에 전화해 주십시오."

로건의 목소리가 즉시 튀어나왔다.

─내가 미국인이라는 건 어떻게 알고 처음부터 대뜸 영어로 말하는 겁니까?

"……."

통화를 하는 사내는 아차 하는 표정으로 아무 말도 못 했다.

─나는 주한 미국 대사 로건 브룩스요. 지금 당장 골드핑거를 바꿔주지 않는다면 좋지 않을 거요.

그때 선우가 한마디 했다.

"로건 씨, 이 사람들 국정원입니다!"

─아… 미스터 골드핑거…….

선우가 말하는 바람에 통화를 하던 사내가 깜짝 놀라서 급히 전화를 끊었다.

운전을 하는 사내까지 4명이 모두 놀라듯 어이없는 표정으로 선우를 쳐다보았다.

선우가 한 말을 로건 브룩스가 들었을 것이다. 그럼 그는 즉시 국정원에 골드핑거를 내놓으라고 호통을 칠 게 뻔하다.

로건 역시 국정원이 무엇 때문에 선우를 연행하는 것인지 이유를 짐작할 것이다.

"왜 끊은 거야?"

누군가 조수석의 사내를 책망했다.

그때 휴대폰이 다시 진동했다.

조수석의 사내는 전화를 받지 않고 뒤쪽으로 내밀었다.

그러나 아무도 받으려고 하지 않았다.

전화를 받은 사람이 국정원 직원이라는 것과 옆에 골드핑거가 있다는 것까지 로건이 다 아는데 전화를 받아서 무슨 거짓말을 어떻게 해야 하느냐는 말이다.

선우가 손을 내밀었다.

슥…….

"아무도 안 받겠다면 내가 받겠습니다."

그러나 사내들은 휴대폰을 선우에게 주지는 않았다. 무슨

일이 벌어지더라도 선우가 로건과 직접 통화하는 것보다 큰일
은 벌어지지 않을 것이다.

원래 국정원 취조실로 끌려가려던 선우의 예정이 바뀌었다.
로건의 전화 때문이다.

선우가 국정원에 도착하기도 전에 로건은 골드핑거를 내놓
으라고 다각도로 위협을 가하고 있었다.

로건은 이미 청와대에도 전화를 해서 자신과 미국 대통령
의 매우 막역한 친구가 조금 전에 국정원에 강제로 연행되었
으며 미국 대통령이 이 사실을 알고는 매우 우려하고 있다고
엄포를 놓았다.

청와대는 즉각 국정원에 사실을 확인했으며 그때는 선우를
연행한 수사관들이 아직 국정원에 도착하기 전이었다.

그거 하나만 봐도 로건이 얼마나 발 빠르게 대처를 했는지
잘 알 수가 있다.

청와대에서는 무슨 일이냐고 캐물었으며 국정원장은 골드
핑거가 중국에서 장병호 가족을 빼돌려서 베이징 미국 대사
관으로 보냈는지 사실을 확인하기 위해서라고 대답했다.

청와대는 대통령 이하 여러 인물들이 그 일을 매우 중차대
하게 여기기 때문에 현승원에게 일을 계속 진행하라는 지시
를 내렸다.

주한 미국 대사의 거센 항의 정도는 커버할 수 있다고 생각한 것이다.

그런데 국정원에 도착해서 취조실로 끌려가려던 선우는 중도에 방향을 바꿔서 국정원장실로 향했다.

놀랍게도 이번에는 미국 대통령이 직접 청와대로 대통령에게 전화를 걸어서 항의를 했기 때문이다.

이것은 내정간섭의 문제가 아니다.

북한 노동당 군수 담당 책임비서 겸 국방위원이며 북한 핵 개발을 총지휘하는 장병호가 제 발로 탈북을 해서 대한민국으로 왔었다.

그런데 그처럼 중대한 인물을 대한민국 대통령이 앞장서서 북한으로 되돌려 보내려고 한 것이다.

아니, 되돌려 보냈었는데 그걸 골드핑거가 구출한 것이다. 장병호 부부가 북한에 그대로 보내졌다면 백이면 백 잔인한 방법으로 처형됐을 것이다.

그런 골드핑거를 국정원에 강제 연행했다고 하니까 대한민국 대통령은 미국을 비롯한 국제사회에 얼굴을 들 면목이 없게 되는 것이다.

대통령 비서실장 현도일이 국정원장 현승원에게 지시했다.

"골드핑거를 절대로 취조해서는 안 됩니다. 또한 무례하게 굴어서도 안 됩니다. 도착하는 즉시 착오가 있었다고 정중히 사과한 후에 풀어주세요."

장병호는 이미 미국에 입국한 것으로 알려져 있다. 그런데 이제 와서 그 일을 한 청부업자를 추궁한다고 해서 뭐가 달라지겠느냐는 것이 비서실장 현도일의 생각이다.

골드핑거를 취조해서도 무례하게 굴어서도 안 된다는 말에 현승원은 착잡했다.

그러면 골드핑거에게 정중히 '혹시 장병호를 빼돌리신 적이 있습니까?' 라고 물어보고 그가 '네. 그렇습니다'라고 대답한다면 '네. 그러시군요. 그만 가보십시오' 하고 정문까지 배웅을 해야 한다는 얘기다.

척!

바로 그때 국정원장실의 문이 열리고 수사관들과 선우가 우르르 들어왔다.

현승원은 우뚝 서서 선우를 주시했다.

들어서던 선우도 걸음을 멈추고 현승원을 쳐다보았다.

두 사람은 5초 정도 아무 말 없이 서로를 응시했다.

현승원은 비서실장의 마지막 전화를 5분 전에만 받았어도 선우를 풀어주라고 수사관들에게 명령했을 것이다.

그러나 그가 전화를 끊자마자 선우가 들이닥쳤기 때문에 선택의 여지가 없었다.

현재로서 현승원은 골드핑거에게 볼일이 없지만 들어서는

그에게 그냥 나가라고 하는 것도 뭣 하다.

현승원은 정중하게 한쪽의 소파를 가리켰다.

"앉으십시오."

속에서는 울화가 치미는데 겉으로만 예의를 갖추는 얍삽한 행동이 아니다.

그런 건 분노를 겨우 참거나 감정 조절이 서툰 소인배들이나 하는 짓이다.

선우는 수사관들 중에 한 명에게 손을 내밀었다. 그가 선우의 휴대폰을 갖고 있기 때문이다.

현승원은 수사관 손에 쥐어 있는 휴대폰을 보더니 가볍게 고개를 끄떡였다.

선우는 휴대폰을 돌려받아 주머니에 넣고 소파에 앉았다.

현승원은 수사관들에게 나가라고 손짓을 하고는 선우 맞은편에 앉았다.

"현승원입니다."

현승원은 정중함이나 의젓함을 가장하지 않고 있는 그대로 자신을 소개했다. 그렇게 행동해도 그는 언제나 정중하고 의젓하게 보였다.

"골드핑거입니다."

선우는 닉네임으로 자신을 소개했다. 이들이 골드핑거라는 닉네임을 이미 알고 있기 때문이다.

여비서가 차를 가져와 두 사람 앞에 내려놓았다. 향긋한 허브티가 코끝을 간질였다.

현승원은 선우에게 차를 마시라는 손짓을 하고는 자신도 찻잔을 들어 입으로 가져갔다.

"귀하가 장병호를 빼돌렸습니까?"

그는 에두르지 않고 단도직입적으로 물었다. 취조하지 말라고 했으니까 그냥 여담처럼 물었다.

선우는 고개를 가로저었다.

"아닙니다."

현승원은 감정을 드러내지 않았다.

"당신 골드핑거가 로건 브룩스 씨의 의뢰로 장병호를 빼돌려 베이징 주재 미국 대사관에 넘겼다는 사실은 이미 더 이상 비밀이 아닙니다."

"그런가요? 그런데 어째서 대한민국에 망명하려던 장병호 부부를 청와대가 북한으로 되돌려 보내려고 했다는 사실에 대해서는 아직까지도 국민들이 모르고 있는 걸까요?"

"……"

말장난이 아니다. 골드핑거가 장병호를 구출한 일이 더 이상 비밀이 아니라는 건 많은 사람이 알고 있다는 뜻이다. 그런데 어째서 장병호에 대한 일을 국민들이 모르고 있느냐고 도리어 현승원에게 힐문하는 것이다.

현승원은 선우의 말에 그가 평범한 청부업자가 아니라는 것을 간파했다.

아니, 평범하다면 국정원장실에서 국정원장과 마주 앉아서 이처럼 태연하지 못할 것이다.

후룩…….

선우는 허브티를 한 모금 마셨다. 호랑이 굴 가장 깊은 곳에 들어왔으면서도 조금도 흐트러짐이 없는 모습이다.

"내가 위험에 빠진 장병호 씨 가족을 구해서 탈출을 도운 것은 사실입니다만 빼돌리지는 않았습니다."

"그런 말장난은……."

"말장난이라고 생각합니까?"

선우는 쏘는 듯한 시선으로 현승원을 똑바로 주시했다.

현승원은 마치 자신이 국회에 증인의 신분으로 나가서 국회의원의 질의에 대답하는 모양새가 됐다는 착각이 얼핏 들었다.

골드핑거가 평범한 인물이 아니라는 생각이 그의 마음속에서 무럭무럭 자라났다.

현승원은 태연하게 말했다.

"원래 청부업자는 의뢰받은 일을 사사로운 감정 없이 처리하는 것으로 아는데 귀하는 장병호 사건에 대해서 상당히 주관적으로 감정을 이입한 것 같군요?"

"그렇게 보입니까?"

"그렇습니다."

50대의 현승원은, 더구나 국정원장이라는 어마어마한 직함의 그는 평소 20대 초반의 청년에게 절대로 지금처럼 꼬박꼬박 존칭을 사용하지 않는다.

선우는 고개를 가볍게 까딱거렸다.

"잘 봤습니다. 나는 내가 맡은 사건에 감정을 이입하는 걸 좋아합니다."

선우는 엷은 미소를 지었다.

"그래서 나는 내가 좋아하는 사건만 맡습니다."

"음, 그렇다면 장병호를 빼돌린 일은 귀하의 뜻도 어느 정도 반영됐다는 의미로 해석해도 되겠습니까?"

"장병호 씨를 왜 북한으로 되돌려 보내려고 했었는지에 대한 이유를 현승원 씨가 명확하게 답변할 수 있다면 방금 그 질문에 대해서 나도 대답을 하겠습니다."

"음."

현승원은 자꾸만 묵직한 신음 소리를 냈다.

대통령을 비롯한 청와대가 한 일을 내가 어떻게 아느냐고 대답할 수 있겠지만 사실 현승원도 그들과 한통속이다.

하지만 그런 말을 선우에게 해줄 수는 없었다.

대화를 하면 할수록 현승원은 궁지에 몰리기만 했다.

선우는 국정원장의 이름이 현승원이라는 점을 그냥 지나치지 않았다.

일전에 집사 오진훈은 선우가 미얀마에 갔다가 귀국하여 집으로 가는 벤틀리 차량 모니터로 원격 보고 하는 과정에 신강가의 천년 숙적인 마가의 꼬리를 잡았으며, 천지그룹 현부일 회장이 마가의 후예일 가능성이 매우 높다고 했었다.

만약 현씨 일족이 금생(今生)에서의 마가라면 '마현가'가 되고 현씨들이 마족(魔族)이 되는 것이다.

그런데 지금 선우 눈앞에 있는 국정원장이라는 자의 이름이 현승원이다.

국정원장이 현씨라는 것이 우연의 일치일지 아니면 진짜 마현가의 일족일지는 두고 봐야 할 것이다.

현씨가 흔하지 않은 희성이기는 하지만 대한민국의 현씨들이 모두 마현가는 아닐 것이기 때문이다.

그렇지만 선우는 본능적으로 현승원이 천지그룹 현부일 회장의 혈족일 것이라는 생각이 들었다.

선우는 찻잔을 내려놓았다.

"내가 한 일이 불법입니까?"

대한민국의 헌법에 위배되는 행동을 불법이라고 한다. 그렇지만 청와대와 국정원이 비밀리에 장병호 부부를 북한으로 되돌려 보내려고 한 행위는 헌법이 정한 바가 아니다.

아니, 북한의 중요 인사가 대한민국에 망명하려고 하는 것을 거부하고 추방했으므로 그것은 대한민국의 국익에 반하는 행위로서 오히려 그것이 헌법에 위배되는 것이다.

말하자면 청와대와 국정원이 위법 행위를 한 것을 선우가 바로잡은 것이 돼버렸다.

현승원은 선우의 질문이 송곳처럼 가슴을 콕콕 찌르는 것을 느꼈다.

"아닙니다."

현승원은 꼿꼿한 자세로 앉아 있고 반대로 선우는 느긋하게 다리를 꼬고 있다.

명백한 주객전도(主客顚倒)의 광경이다.

선우는 자신의 이런 태도가 일개 청부업자로서는 어울리지 않을 것이라고 생각하지만 개의치 않았다.

그냥 평범하게 나가면 아무것도 얻지 못한다. 도발을 해서 미끼를 던져야지만 뭐라도 건질 수 있는 것이다.

현승원이 단순하게 장병호 사건 때문에 선우를 강제 연행한 것인지 아니면 선우에게 무슨 냄새라도 맡은 것인지, 그리고 더 나아가서는 현승원이 마가의 후예인지를 알아내야 한다.

현승원은 처음에 골드핑거에 대해서 들었을 때 그를 그냥 실력이 매우 좋은 청부업자 정도로만 여겼다.

그런데 지금 보니까 골드핑거는 일개 청부업자가 아닌 뭔가 깊은 내막이 있는 인물 같았다.

현승원이 직접 보기에도 그렇고 주한 미국 대사나 심지어 미국 대통령까지 나서서 이 젊은 청년을 걱정하는 걸 보면 평범한 인물이 아닌 게 분명했다.

현승원은 처음에 골드핑거를 잡아들이면 그에게 장병호를 다시 되찾아오라는 의뢰를 하겠다는 계획이었다.

골드핑거가 거절할 경우에 죽음으로 위협을 하면 듣지 않고는 못 배길 거라고 호언장담하기도 했었다.

그러나 지금은 그런 마음이 1%도 없다. 주한 미국 대사와 미국 대통령까지 엄청 든든한 백을 갖고 있는 그를 잘못 건드렸다가 큰 낭패를 당할 수 있었기 때문이다.

현승원은 자신의 사무실에서 고양이 앞에 앉아 있는 쥐 꼴이 되어 있었다.

현승원은 이쯤에서 이 일을 접기로 했다.

물론 표면적으로 말이다.

슥—

현승원은 먼저 일어섰다.

"이제 가도 됩니다."

그러나 선우는 일어나지 않았다.

"왜 나를 연행했는지 이유를 듣지 못했습니다."

현승원의 미간이 슬쩍 찌푸려졌지만 곧 평온을 되찾았다.

"실수였습니다. 나랏일을 하다가 보면 가끔 그런 실수를 할 때가 있습니다. 이해하세요."

현승원은 가볍게 머리를 숙이기까지 했다. 그는 국정원장으로서 최대한 저자세로 나가고 있다.

이러는 걸 보면 그는 선우가 신강가 사람이라는 것을 추호도 모른다고 봐야 한다.

선우는 현승원이 마가의 후예인지 알아내지 못했지만 다른 방법이 있으니까 염려할 건 없다.

선우는 일어나서 현승원에게 손을 들어 보이며 빙그레 미소 지었다.

"또 봅시다."

선우가 몸을 돌려 문을 열고 나가자 비로소 현승원의 얼굴이 종이를 구긴 것처럼 일그러졌다.

'또 봅시다?'

잠시 후에 아까 차를 갖다 주었던 여비서가 들어와서 수술용 라텍스 장갑 같은 것을 끼더니 조금 전에 선우가 마셨던 찻잔을 집어서 투명한 비닐봉지에 넣었다.

그 모습을 지켜보고 있던 현승원이 냉랭하게 말했다.

"지문 감식 팀에게 최대한 빨리 알아내라고 해."

"알겠습니다."

현승원은 여기에서는 보이지 않는 천장 구석의 카메라를 쳐다보았다.

"저놈 사진도 분석하도록."

지문 감식과 사진 분석을 하면 골드핑거의 신원이 드러날 텐데 대체 어떤 놈일지 못내 궁금했다.

현승원은 책상의 인터폰을 눌렀다.

"골드핑거한테 미행 붙여. B팀이 좋겠다."

─알겠습니다.

국정원에는 크게 두 종류의 요원이 있다. 외부에 공개해도 괜찮은 백색 요원과 음지에서 일하는 흑색 요원이다. 백색 요원은 W팀이라 하고 흑색 요원을 B팀이라고 한다. 화이트와 블랙이라는 뜻이다.

현승원은 침착하면서도 기묘한 분위기를 풍기던, 그리고 범상치 않은 말의 펀치를 날린 선우의 모습을 떠올렸다.

이건 정말 어이가 없는 일이다. 대가리에 피딱지도 마르지 않은 이제 겨우 20대 초반의 청년의 기세에 사실 현승원은 조금 압도당했다.

'그놈, 뭔가 있다……!'

현승원은 이날까지 본능적인 육감이 틀려본 적이 없었다.

그게 뭔지는 모르지만 골드핑거가 일개 청부업자가 아닐 거라는 생각, 아니, 믿음이 들었다.

우선 골드핑거의 신원을 확인해야 한다. 주민등록상이든 뭐든 그가 누구며 어디에 사는지를 알아야지만 도청이든 비밀스러운 몰카를 설치하든지 할 수가 있다.

　국정원에서 나온 선우는 정문 근처에서 대기하고 있는 택시를 손짓으로 불러서 탔다.

　"양재역 갑시다."

　선우는 뒷자리에서 지그시 눈을 감은 채 아무것도 하지 않고 가만히 있었다.

　지금은 몇 가지 처리할 일이 있지만 국정원 정문 근처에서 대기하고 있던 택시에 탄 상황이라서 경계하는 편이 좋다.

　택시 기사가 국정원 요원이 아닐 확률이 90% 이상이지만 그래도 조심해서 나쁠 건 없었다.

　국정원장이 미행을 붙였을 것이다. 선우가 국정원장이라고 해도 당연히 미행을 붙일 것이다.

　하지만 그걸 확인하려고 택시 기사에게 질문을 한다거나 뒤돌아 살펴보는 행동은 좋지 않으며 구태여 그럴 필요도 없다. 그런 건 초짜들이나 하는 짓이다.

　양재역에서 택시를 내린 선우는 지하철역으로 내려갔다. 개찰구를 통과하며 태연하게 행동하면서 슬쩍 주위를 살펴보니까 과연 미행이 붙었다는 것을 알 수가 있다.

　누가 미행을 하고 있는지 많은 사람을 일일이 한 명씩 훑어볼 필요가 없다.

마치 미행자들이 '저요! 저요!' 하고 손을 든 것처럼 선우의 눈에 일목요연하게 쏙쏙 들어왔기 때문이다.

미행자는 모두 3명이다. 정장 차림의 회사원, 앳된 대학생처럼 보이는 젊은 여자, 그리고 평범해 보이는 30대 중반의 점퍼를 입은 사내다.

미행이 더 있을지 모르지만 일단 선우의 시계(視界) 범위 안에서는 3명이 전부다.

미행자를 구별하는 방법은 의외로 쉬웠다. 다른 사람들은 선우에게 관심도 없으며 쳐다보지도 않는데 미행자들은 규칙적으로 그를 쳐다본다. 보지 않는 체하면서 아주 짧은 순간 스치듯이 힐끗 본다.

미행자들은 한 번 찍힌 이상 시야에서 벗어나기 전에는 모든 행동이 선우에게 읽힌다.

선우가 전철에 타자 3명의 미행자도 선우와 같은 칸이지만 다른 문으로 탔다.

선우는 휴대폰을 꺼내서 스포그 한국 사령탑인 커맨드에 문자를 보냈다.

[국정원장 현승원 조사 착수할 것.]

그러고는 휴대폰을 집어넣고 사람들 사이를 비집고 천천히

문 쪽으로 다가갔다.

전철 안에는 서 있는 사람들이 꽤 많았지만 선우가 키가 커서 멀리에서도 잘 보이는 탓에 3명의 미행자도 각자 있는 곳에서 가까운 문으로 다가갔다.

전철이 플랫폼으로 들어서다가 정지했다.

치이익…….

그런데 문이 열렸는데도 선우는 내리지 않고 문 옆에 우두커니 서 있기만 했다.

미행자들은 뒷문에 두 명, 앞문에 한 명이 서서 내리지 않고 선우의 행동을 지켜보고 있다.

차내 방송에서 전철이 출발한다는 아나운스와 함께 문이 닫히기 시작했다.

드르…….

그때 선우는 재빨리 내렸다.

미행자들도 급히 전철에서 따라 내렸다.

순간 선우는 절반 이상 닫힌 전철 문 안으로 빨려들 듯이 다시 들어갔다.

따라서 내린 미행자들이 흠칫하며 다시 타려고 할 때 문은 이미 굳게 닫혔다.

우웅…….

전철이 출발하고 플랫폼에는 미행자 두 명의 모습이 빠르게 멀어져 갔다.

그런데 전철에서 내린 미행자는 두 명뿐이고 아직 한 명이 전철 안에 있었다.

선우만 영리한 게 아니었다. 미행자들은 선우가 속일 것에 대비해서 3명 중에 두 명만 내렸던 것이다. 그렇게 하는 건 미행자들의 기본이다.

그래도 미행자가 한 명밖에 남지 않았다. 3명보다는 한 명을 처리하는 것이 훨씬 쉽다.

선우가 슬쩍 보니까 미행자는 딴청을 부리는 척하면서 어디론가 전화를 걸고 있었다.

그리고 그의 목소리만이 아니라 휴대폰 속의 목소리까지 선우에게 똑똑히 들렸다.

"표적이 수작을 부려서 B—d5와 d8이 떨어지고 B—d3만 남았습니다. 지시를 바랍니다."

─표적이 전철에서 내리는 즉시 다시 보고하고 너는 표적에게서 떨어져라.

"알겠습니다."

떨어져 나간 두 명이 B—d5와 B—d8이고 남아 있는 자가 B—d3인 모양이다.

선우가 전철에서 내리는 즉시 보고하라는 것은 다른 국정원 B팀 요원을 즉각 더 보내겠다는 뜻이었다.

혼자 남은 미행자는 자신이 선우에게 발각됐을 것이라는 생각에 조금 더 거리를 멀리하고 주머니에서 이어폰을 꺼내 휴대폰에 연결하더니 음악을 듣는 체 귀에 꽂았다.

마지막 남은 B—d3은 여대생으로 위장을 한 여자였다.

선우는 두 정거장을 가서 도곡역에서 내렸다.

압구정 로데오역에서 내려서 조금만 걸으면 오늘 샤론 가족과 만나기로 한 약속 장소다.

오후 5시에 샤론 가족과 만나기로 했으니까 아직 2시간 정도 여유가 있었다.

선우는 분당선으로 환승을 하기 위해서 사람들을 따라서 규칙적인 걸음으로 걸어갔다.

미행자 B—d3는 표적 골드핑거를 놓치고 말았다. 그녀가 미행하는 표적을 놓치는 것은 매우 드문 일이다. 그 정도로 그녀는 미행의 달인이다.

15m쯤 뒤에서 인파에 섞여 물 흐르듯이 걸어가면서 골드핑거의 뒷모습을 주시하고 있었는데 한순간 표적이 사라져 버린 것이다.

눈도 깜빡이지 않았는데 언제 사라졌는지 모를 일이다.

B—d3은 걸음을 멈추지 않고 날카롭게 주위를 둘러보면서

앞으로 나아가는데 어디에서도 골드핑거의 모습이 보이지 않아서 씁쓸한 기분이었다.

"말 좀 물읍시다."

그런데 그때 B—d3의 뒤에서 굵직한 중저음의 목소리가 들려서 움찔 놀라 급히 뒤돌아보았다.

"⋯⋯!"

그런데 놀랍게도 B—d3의 뒤에 잃어버렸던 골드핑거가 우뚝 서 있는 것이 아닌가.

쿡⋯⋯.

그런데 뭔가 뾰족한 것이 B—d3의 등허리를 찔렀다.

B—d3은 본능적으로 그게 권총이라고 판단했다. 칼이면 옷을 뚫고 살을 찌르기 때문에 이런 느낌이 아니다.

"4번 출구가 어딘지 안내 좀 해주겠습니까?"

그러면서 골드핑거가 뭉툭한 것으로 B—d3의 등을 밀었다. 앞서 걸으라는 뜻이다.

권총으로 등을 찌르고 있기 때문에 여차하면 골드핑거가 B—d3를 쏠 것이다.

B—d3은 묵묵히 걸으면서 골드핑거를 급습할 기회를 엿보았다.

그녀의 눈동자는 쉴 새 없이 정면과 좌우로 굴렀다.

그렇게 30m쯤 갔을 때 기회가 왔다. 마주 오던 어떤 중년 여자가 B—d3의 오른쪽 어깨와 슬쩍 부딪쳤다.

아니, 사실은 중년 여자가 부딪치려는 것을 B—d3이 일부러 더욱 세게 부딪친 것이다.

툭…….

B—d3의 몸이 약간 옆으로 밀리는 순간 그녀는 번개같이 상체를 왼쪽으로 쓰러뜨리는 것과 동시에 왼손으로 바닥을 짚고 축을 삼아서 오른발로 골드핑거의 다리를 쓸었다.

타아…….

"앗!"

그와 동시에 오른손을 재빨리 품속으로 집어넣었다가 빼면서 골드핑거의 가슴을 찔렀다.

천장을 향해 쓰러져 있는 골드핑거 위에 상체를 얹고 가슴에 권총을 겨눈 B—d3은 상대의 얼굴을 확인하고는 움찔 놀라서 벌떡 상체를 일으켰다.

"뭐야?"

"으으… 살려주십시오……."

누운 채 벌벌 떨고 있는 남자는 30대 중반의 평범한 모습인데 오른손에는 둘둘 만 신문 뭉치를 쥐고 있었다.

B—d3은 권총을 급히 품속에 넣으며 주위를 둘러보았다.

짧은 시간이지만 벌써 많은 사람이 몰려와서 구경을 하고 있었다.

B—d3은 벌떡 일어나서 두리번거리면서 골드핑거를 찾아보았지만 어디에도 보이지 않았다.

"제기랄!"

실제 나이는 28살이지만 겉으로는 22~23살 정도로 보이는 그녀는 주먹을 휘두르며 나직하게 외쳤다.

영악하다 못해서 소름 끼치는 놈이다. 그 짧은 시간에 다른 사람으로 바꿔치기를 했다.

B—d3이 쓰러져 있는 30대 중반 사내의 멱살을 잡고 일으키면서 으르딱딱거리며 족치니까 사내는 울 것처럼 실토했다.

어떤 잘생긴 청년이 5만 원짜리 지폐를 보여주면서 B—d3의 등을 찌르고 있는 신문 뭉치를 쥐고 있으라고 손짓으로 시켰다는 것이다.

그때 귀에 꽂은 이어폰에서 본부의 무전이 흘러나왔다.

—B—d3, 어떻게 됐나?

B—d3은 착잡하게 보고했다.

"표적을 놓쳤습니다."

＊　　　　＊　　　　＊

탕!

"이게 말이 된다고 생각하는 거야?"

현승원은 책상을 세게 내려치며 화를 냈다.

지금 그는 골드핑거의 지문 감식과 얼굴 인식에 대한 보고를 받고 있는 중이다.

그런데 결과가 나오지 않았다. 대한민국 국민이라면 어느 누구라도 주민등록상의 지문을 찍기 때문에 지문 감식을 하면 신원 조회가 나와야만 하는데 골드핑거의 지문 감식 결과가 나오지 않은 것이다.

뿐만 아니라 대한민국의 모든 정보를 총괄하는 시스템과 곳곳에 설치되어 있는 CCTV에 찍힌 동영상 자료를 집약한 시스템에 골드핑거의 얼굴이 찍힌 사진을 집어넣고 닮은 모습을 찾는 것도 결과가 나오지 않았다.

지문 감식과 용모 인식은 둘 다 컴퓨터가 하기 때문에 실패율이 제로에 가깝다.

"국장님, 혹시 골드핑거가 외국인이 아닐까요?"

"쓸데없는 소리!"

부하의 말에 현승원은 꾸지람으로 일축했다.

현승원이 봤을 때 골드핑거는 내국인이 분명했다. 그가 외국인이라는 것은 말이 안 된다.

—국장님.

그때 책상의 인터폰이 울렸다.

"뭐야?"

─미행 팀이 표적을 놓쳤답니다.

"이······."

얼굴이 와락 일그러진 현승원은 책상에 있는 큼직한 크리스털 재떨이를 집어 들었다.

쾅!

재떨이는 맞은편 벽에 부딪쳐서 산산이 박살 났다.

현승원은 혼자서 책상 위에 깍지 낀 두 손을 얹고 손가락을 까딱거리면서 한참 동안 골똘히 생각에 잠겼다.

그러다가 결심을 한 듯 휴대폰을 꺼내서 어디론가 전화를 걸었다.

저쪽에서 전화를 받자 현승원은 벌떡 일어나서 공손하게 입을 열었다.

"현승원입니다. 별고 없으셨습니까?"

─음, 무슨 일인가?

"다름이 아니라······."

현승원은 머뭇거렸다. 상대는 국정원장인 그의 생명 줄을 쥐고 있는 인물이다.

"본가의 시스템 사용을 허락해 주십시오."

─시스템 사용? 무엇 때문인가?

"한 사람을 조회하려고 합니다."

─본가하고 연관이 있는 사람인가?

"아… 닙니다."

─그런데 시스템을 사용하겠다고?

"죄… 송합니다."

현승원은 골드핑거에 대해서 알아내려고 가문의 시스템을 사용하려고 했던 것을 뒤늦게 후회했다.

지금 현승원하고 통화하고 있는 사람은 마현가 직계 혈족 서열 4위인 거물이다.

그에 비해서 현승원은 곁가지, 즉 방계 혈족이며 마현가 전체로 치면 서열 30위에 간신히 턱걸이하는 신세다.

─좋아. 그동안 자네의 공을 봐서 허락하겠네.

현승원은 보이지 않는 상대를 향해 구십 도로 허리를 굽혔다.

"감사합니다, 삼숙(三叔)."

『상남자스타일』 3권에 계속…

탑 레시피가 보여!

FUSION FANTASTIC STORY

레오퍼드 장편소설

잔혹한 음모에 휘말려 모든 걸 잃은
칼질의 고수, 요리사 강호검.
그의 앞에 두 가지 기적이 벌어졌으니!

"내 손… 하나도 안 떨잖아……"

인생의 전성기로 되돌아온 그와
그의 앞에 나타난 기물(奇物), 요리사의 돌!

"네가 최고의 요리사가 되는 것이
이 아버지의 꿈이란다."

돌아가신 아버지와 자신의 꿈을 좇아
그가, 세계 최고의 자리로 향하기 시작한다.

Book Publishing CHUNGEORAM

유행이 아닌 자유추구
WWW.chungeoram.com

FUSION FANTASTIC STORY

설경구 장편소설

저니맨 김태식

한 팀에서 오래 머물지 못하고
이 팀, 저 팀을 옮겨 다니는
저니맨(Journey man)의 대명사, 김태식!
등 떠밀리듯 팀을 옮기기도 수차례.

"이게… 나라고?"

기적과 함께 그의 인생에 찾아온 두 번째 기회!

"이제부터 내가 뛸 팀은 내 의지로 선택한다!"

더 이상의 후회는 없다!
야구 역사를 바꿔놓을
그의 새로운 야구 인생이 펼쳐진다!

Book Publishing CHUNGEORAM

유행이 아닌 자유추구 -
WWW.chungeoram.com

크레도 장편소설
FUSION FANTASTIC STORY

톱스타 이건우

열정만으로 성공하는 것은 아니다!

어중간한 실력으로 허송세월하던 이건우.

그의 앞에 닥친 갑작스러운 사고와 함께 떠오르는 기억.

'나는 죽었는데 살아 있어. 그건 전생? 도대체……'

전생부터 현생까지 이어지는 인연들.
그리고 옥선체화신공(玉仙體化神功)……

망나니처럼 살아온 이건우는 잊어라!
외모! 연기! 노래!
삼박자를 모두 갖춘 최고의 스타가 탄생한다!

Book Publishing CHUNGEORAM

유행이 아닌 자유추구 -
WWW. chungeoram.com

초대형 24시 만화방

신간 100%, 샤워실, 흡연실, 수면실(침대석), 커플석, 세탁기 완비

■ 광명 광명사거리역점 ■

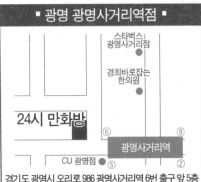

경기도 광명시 오리로 986 광명사거리역 6번 출구 앞 5층
02) 2625-9940 (솔목타워 5층)

■ 강북 노원역점 ■

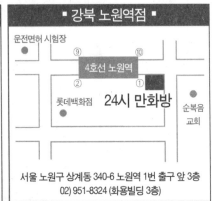

서울 노원구 상계동 340-6 노원역 1번 출구 앞 3층
02) 951-8324 (화용빌딩 3층)

■ 일산 정발산역점 ■

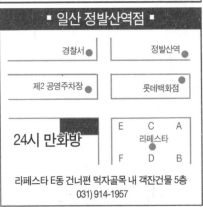

라페스타 E동 건너편 먹자골목 내 객잔건물 5층
031) 914-1957

■ 일산 화정역점 ■

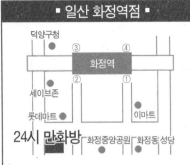

경기도 고양시 덕양구 화정동 984번지 서일빌딩 7층
031) 979-4874 (서일사우나 건물 7층)

■ 부천 역곡역점 ■

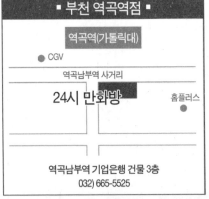

역곡남부역 기업은행 건물 3층
032) 665-5525

■ 부평역점 ■

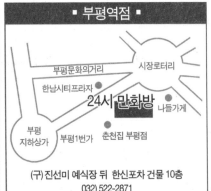

(구) 진선미 예식장 뒤 한신포차 건물 10층
032) 522-2871